科學小說

月界旅行

科學小說　月界旅行辨言

在昔人智未闢。天然擅權。積山長波。皆足爲阻。遞有刳木剡木之智。乃胎交通。而槳而颿。日益衍進。惟遙望重洋。水天相接。則猶魄悸體慄。謝不敏也。既而驅鐵使汽。車艦風馳。人治日張。天行自遜。五州同室。交貽文明。以成今日之世界。然造化不仁。限制是樂。山水之險。雖失其力。復有吸力空氣。束縛羣生。使難越雷池一步。以與諸星球人類相交際。沈淪黑獄。耳窒目朦。夔以相欺。日頌至德。斯固造物所樂。而人類所羞者矣。然人類者。有希望進步之生物也。故其一部分。畧得光明。猶不知饜。發大希望。思斥吸力。勝空氣。泠然神行。無有障礙。若培倫氏。實以其尚武之精神。寫此希望之進化者也。凡事以理想爲因。實行爲果。既蒔厥種。乃亦有秋。爾後殖民星球。旅行月界。雖販夫稚子。必將夷然視之。習不爲詫。據理以推。有固然也。如是。則雖地球之大同可期。而星球之戰禍又起。嗚呼。瓊孫之福地。彌爾之樂園。遍覓塵球。竟成幻想。冥冥黃族。可以興矣。

培倫者。名查理士。美國碩儒也。學術既覃。理想復富。默揣世界將來之進步。獨抒奇想。託之說部。經以科學。緯以人情。離合悲歡。談故涉險。均綜錯其中。間雜譏彈。亦復譚言微中。十九世紀時之說月界者。允以是爲巨擘矣。然因比事屬詞。必洽學理。非徒摭山川動植。侈爲詭辯者比。故當觥觥大談之際。或不免微露遁辭。人智有涯。天則甚奧。無如何也。至小說家積習。多借女性之魔力。以增讀者之美感。此書獨藉三雄。自成組織。絕無一女子厠足其間。而仍光怪陸離。不感寂寞。尤爲超俗。

蓋臚陳科學。常人厭之。閱不終篇。輒欲睡去。强人所難。勢必然矣。惟假小說之能力。被優孟之衣冠。則雖析理譚玄。亦能浸淫腦筋。不生厭倦。彼纖兒俗子。山海經三國志諸書。未嘗夢見。而亦能津津然識長股奇肱之域。道周郎葛亮之名者。實鏡花緣及三國演義之賜也。故掇取學理。去莊而諧。使讀者觸目會心。不勞思索。則必能於不知不覺間。獲一斑之智識。破遺傳之迷信。改良思想。補助文明。勢力之偉。有如此者。我國說部。若言情談故刺時誌怪者。架棟汗牛。而獨於科學小說。乃如麟角。智識荒隘。此實一端。故苟欲彌今日譯界之缺點。導中國人羣以進行。必自科學小說始。

月界旅行原書。爲日本井上勤氏譯本。凡二十八章。例若雜記。今截長補短。得十四回。初擬譯以俗語。稍逸讀者之思索。然純用俗語。復嫌冗繁。因參用文言。以省篇頁。其措辭無味。不適於我國人者。刪易少許。體雜言龐之譏。知難倖免。書名原屬「自地球至月球在九十七小時二十分間」意。今亦簡略之曰月界旅行。

癸卯新秋　　譯者識於日本古江戶之旅舍

月界旅行

目錄

科學小說

月界旅行

美國培倫原書
進化社譯

第一回　悲太平會員懷舊　破寥寂社長貽書

凡讀過世界地理同歷史的。都曉得有個亞美利加地方。至於亞美利加獨立戰爭一事。連孩子也曉得是驚天動地。應該時時記得。永遠不忘的。今且不說。單說那獨立戰爭時。合衆國中有一個麥烈蘭國。其首府名曰拔爾祛摩。是個有名街市。眞是行人接踵。車馬如雲。這府中有一所會社。壯大是不消說。一見他國旗高挑。隨風飛舞。就令人起一種肅然致敬的光景。原來是時瀕年戰鬬。人心恟恟。經商者捐資財。操舟者棄舟楫。無不竭力盡心。攷究兵事。那在坡茵兵學校的。更覺熱心如熾。這個說我爲大將。那個說我做少將。此外一切。眞是視而不見。聽而不聞。食而不知其味的了。爾後費却許多兵器彈藥金貲人命。遂占全勝。脫了奴隸的羈軛。造成一個烈烈轟轟的合衆國。諸君若問他得勝原因卻並無他故古人道工欲善其事必先利其器美國也不外自造兵器十分精工不比不惜重資卻去買外國廢鐵當作槍砲的所以愈造愈精一日千里連英法諸強國極大鋼砲與他相比也同僬僥國人遇着龍伯一般免不得相形見絀了此時說來似乎過於誇大其實美國人砲術天下聞名猶如伊大利人之於音樂德國人之於心理學一般既已在世界上獨一無二他偏又聚精會神日求進步所以連歐州新發明的「安脫嵩格」「排利造」「波留」等有名大砲也不免要退避三舍了……

諸君你想偌大一個地球。爲什么獨有美國砲術精妙一至於此呢。前文說那拔爾袪摩府中。不是有一座壯大無匹。花旗招颭的會社嗎。這便是製造槍砲的所在當初設立時並不托官紳勢力也不借富商鉅資單是一個大砲發明家同一個鑄鐵師商量既定又招一個鑽手立下這槍砲會社的基礎行過開社的儀式不料未及一月就有盡力社員一千八百三十三人同志社員三萬五千六十五人當下立定條約說是萬一新發明大砲難以成功則須別出心裁製造別種嶄新利器至於手槍短銃等細小物件。卻並不介意惟有專心致志鑄造大砲便是這會社的宗旨到後來會社中社員。

越聚越多。也有大將。也有少將。一切將校。無所不有。若把這會社社員題名簿一翻不是寫着戰死就是註着陣亡即偶有幾個生還亦復殘缺不完瘡痍遍體有扶着拐杖的有用木頭假造手足的有用樹膠補着面頰的有用銀嵌着腦蓋骨的有用白金鑲着鼻子的蹣跚來往宛然一座廢人會館從前有名政治家卑得刻兒曾說道。『把槍砲會社中人四個合在一處沒一條完全臂膊六個合在一處沒一雙滿足的腿『可想見這些社員情形了雖然老驥伏櫪志在千里他們雖五體不全而雄心未死常撫着彈創刀痕恨不得再到戰塲將簇新大砲對敵軍一試晉人淘淵明先生有詩道。

精衞銜微木　將以塡蒼海　形天舞干戚　猛志固常在

像是說這會社同社員的精神一樣那曉得世事循環戰爭早畢大砲炸彈盡成無用長物當初殺人成阜的沙場也都變了桑麻如林的沃壤老幼熙熙歡聲載道祗有槍砲會社社員却像解館先生十分煩悶雖是只管製造想發明空前絕後的大砲無奈不能寔地試驗只好徒託空言罷了加之會社零落堂室荒蕪新聞紙堆累几上黴菌毿毿竟無一人過問可憐從前車馬絡繹議論囂囂的所在竟變做荒涼寂寞的地方

回想當初硝烟慘淡鎗雨紛飛的情形不是做夢還遇得着麼人說可喜的是天下太平四海無事那曉得上馬殺賊的壯士却着寔傷心呢……　一日天晚有一會員叫做漢佗的走進自己的休息所把木鑲假腿向火爐邊上一烘說道目下時勢豈不怪極了嗎我輩竟無一事可爲豈不是一可悲嘆的世界嗎不知什麼時候纔能够有霹靂似的砲聲給我暢暢快快的听一听呢旁邊坐着的畢爾斯排本來極其洒落把斷腕一伸連忙答道如此快事那裏還有呢雖然遇着過愉快的時候誰料半途中竟把戰爭中止了從前的大將仍然去做商賈彈丸的倉庫竟堆了棉花咲將來亞美利加砲術怕要絕迹的了有名的麥思敦把樹膠作的頭蓋骨且搔且說道是的此刻時勢太平已非研究砲術學的時候所以我想造一種叫做臼砲的今日已製成雛形此砲一出到可以一變將來戰爭模樣漢佗忽然記起麥思敦新發明的第一回就打死三百七十三人的大砲忙問道當眞嗎麥思敦道決非靈言然須加一層工夫精神故尚未成就目下亞美利加景况百姓悠然只想過太平日子然而人口非常增多有的說恐怕又要鬧事了大佐白倫彼理道這些事總是爲歐羅巴州近時國體上的爭論

罷了麥思敦道不錯不錯我所希望大約終有用處而且又有益於歐羅巴州畢爾斯排大聲道你們做甚亂夢研究砲術却想歐州人用麼大佐白倫彼理荅道我想給歐州人用此不用却好些麥思敦道不錯然而已後不去盡力研究他亦無不可大佐白倫彼理道爲什麼呢麥思敦道想歐羅巴的進步却同亞美利加人思想相反他不從兵卒漸漸昇等是不能做大將的不是自造鐵砲是不能打的漢佗正拿着小刀在那裏劀椅子的靠手一面說道可笑得狠要是這般我們只好種烟草搾鯨油了麥思敦發恨道那是什麼話呢難道以後就沒有改良火器的事情嗎就沒有試驗我們火器的好機會嗎難道我們的炮火輝映空中的時候竟會沒有嗎同大西洋外面國度的國際上紛爭就永遠絕跡了嗎或者法國人把我們的汽船撞沈了或者英國人不同我們商量竟把兩三人縊殺了這宗事情就會沒有嗎……　倘若我新發明的臼砲竟沒實地試驗的好機會惟有訣別諸君葬身於愛洱噶尼沙的平野罷了衆人齊聲答道果然如此則我們亦當奉陪大家無情無緒沒精打采的談了一會不覺夜深於是各人告別回房各自安寢不表到了次日忽見有個郵信夫進來手上拿着書信放下

自去。社員連忙拆開看時。只見上寫道。

本月五日集會時。欲議一古今未有之奇事。謹乞同盟諸君子。賁臨勿遲是幸。

十月三日書於拔爾袪摩　槍砲會社社長巴比堪

社員看畢。沒一個曉得這啞謎兒。惟有面面和覷。那性急的。恨不能立刻就到初五。一聽社長的報告。正是

壯士不甘空歲月　秋鴻何事下庭除

究竟爲着甚事。且聽下回分解。

第二回　搜新地奇想驚天　登演壇雄譚震俗

卻說社員接了書信以後。光陰迅速。不覺初五。好容易挨到八點鐘。天色也黑了。連忙整理衣冠。跑到紐翁思開爾街第廿一號槍砲會社。一進大門。便見滿地是人。黑潮似的四處洶湧。原來住在拔爾袪摩的社員。多已先到。外加趕熱鬧的百姓。把個極大會社。滿滿的塞個鐵緊。尙且源源而來。沒坐處的是不消說。連沒立處的也不知多少。有的立在邊室。有的立在廊下。亂推亂擠。各自爭先。要聽古今未有的奇事。美國人民本

來是用自治說教育出來的所以把人亂推還說這是自由的弊病是不免的了至於『自由者以他人之自由爲界』的公理那裏能個個明白呢會堂裏面單是盡力社員同着同志社員簇齊的坐着一排一排如精兵佈陣一般井井有條一絲不亂其餘不論是外國人是做官的一槪不能進內只好也混百姓裏邊伸着頸子順勢亂湧罷了惟有身材高大的卻討便宜看得見裏面情景說是諸般裝飾無不光采奪目壯麗驚人。上邊列着大砲下面排着臼砲古今火器不知有幾千萬樣羅列滿屋照着汽燈越顯得光芒萬丈閃閃逼人正中設一張社長坐的椅子是照三十四寸臼砲臺的樣式做的脚下有四個輪子可以前後左右隨意轉動前面是「愷兒乭德」砲式的鐵鑲六足几几上放着玻璃墨汁壺壁上掛着新式最大自鳴鐘兩邊分坐着四名監事。靜悄悄的只待社長的報告。……

這社長年紀不過四旬。是美洲人。幼年販買木材獲了鉅利。到獨立戰爭時當了一個砲兵長。極有盛名。且發明許多兵器。雖是細小事情也精。心考究不肯輕易放過所以遠近聞名無不佩服的等了許久那壁上掛的大自鳴鐘。忽然噹噹的打了八下。社長像被發條彈機彈起來似的。肅然起立。衆人看得分明。是戴着黑緣峩冠。穿着黑呢禮服。身材魁偉。相貌莊嚴。對臺下大衆行過禮。把手按在几上。默然停了一會。便朗朗的說道。

我最勇敢的同盟社員諸君！你看世上久已承平。我們遂變了無用的長物。戰爭久已絕迹。我們遂至事業荒蕪。不能進步。若是兵器有用。果然是我們的最好機會。然而看現在的事情同形勢。那裏還有非常之事呢。唉我們大砲震動天地的時候在幾年之後。是不能豫料的了。所以我想與其株守無期的機會。空拋貴重的光陰反不如研磨精神。奮勵志力。做件在太平世界上能占個好地位的事業…… 以前幾月間。我曾把全副精神。注在一個大目的上。常常以心問心道。十九世紀的文明世界。還沒時有這樣大事業嗎。砲術極其精微的時候。還做不成這大事業嗎。此後細心研究推算。遂曉得這各國都做不成的大事業。是可以成功。而且確鑿有據的今日奉邀諸君者。就是報告此事。且此事不但有益於現今諸人。連槍砲會社的將來都大有利益。倘若事竟成功。量這全世界也要震動呢

剛纔說畢。社員同聽衆。像加一層氣力似的。滿堂動搖起來。社長把峩冠整一整。又向

天指了一指慢慢說道
我最勇敢的同盟社員諸君。請觀這蒼穹上不是一輪月嗎今晚演說就爲着這『夜之女王』可做一番大事業的緣故這大事業是什么呢請諸君勿必驚疑就是搜索這衆人還沒知道的月界要同哥倫波發見我邦一般然而做這大事業斷不是一人獨力可以成功的所以報告諸君想諸君協力賛助精査這秘密世界把我合衆三十六聯邦版圖中加个月界給大家看（拍手）從前日夜焦心苦慮把那月界的重量。以及周圍、直徑、組織、運動。連那距離同占有位置。都算得明明白白畫了一幅太陰圖其精密完全。雖不能勝於地圖。却還不亞於他呢。關係月界的事情現在雖大都明白。然而自古迄今還沒見有從我地球到那月界開條通路的事業（大喝采）祗有理想上想着探撿月界的却也不少今日約略逃給諸君聽一聽。當初一千七百年時有個叫飛勃力的常常說肉眼看見月界的居民再往前說則一千六百四十九年有法國人波端曾做過一册『西班牙大膽者公石力子氏月界旅行』同時又有个陪兒格拉也是法國人也做一册叫什么『法國成功月界旅行』

的後來有部『多數世界』著者就是法國風耐兒極有盛名說『地球之外尚有許多世界』到一千八百三十五年有一本小冊子出板講的是『有个約翰哈沙於天文學上算得極其緻密在喜望峯頭立一個大望遠鏡鏡裏點着火因爲裝置極精遂把月的距離縮成了八十碼裏面情形看得十分淸楚有許多河馬進出的大洞有黃金色笹緣似的東西圈着山麓的靑山有角如象牙的羊有渾身白色的鹿而且有人兩腋生着肉翅宛然一隻蝙蝠』著者就是我國洛克先生他的書到是銷流甚廣的還有一書說『古時有个排爾坐着盛滿淡氣的氣球過了十九點鐘遂到月界』著者也是美國人那有名的亞波就是了(大喝釆)然總不過紙上的理論不能確信至於今日報告諸君的却是寔地研究眞要對月界開一條通路五六年前普國有个算術家說要研究大學術到了西伯利亞平原用光線反射的性質造了一幅算學圖內中也有同『弦之平方』相關的道理就是法國人叫做『愛斯勃力其』的那算術家曾說道『聰明人看了這算圖是沒有不解的倘要同月界開條通路不能不依這道理至於交通之後對月界居民說話新造一種字母也甚容

易』那算術家話雖如此總沒寔行從紀元到今日連同月界結个定約的也沒見過到今日月界交通的事情我美國人實地研究的結果同勇敢不撓的精神應該自任是不消說的了至於到月界的方法極其簡便確寔決沒差悞這便是想對諸君商議的一大要點（喝采舞蹈）五六年來砲術進步的迅速是諸君所熟知的不消細說若講大畧則大砲的抵抗力同火藥的彈撥力沒有限量的道理已經碻鑿明白所以據這原理用裝置精巧的彈丸能否到達月界的問題自然因此而起了

社長說完。聽衆都呆着出神。靜悄悄的像沒有人一般過一會漸漸解過演說的意思。不覺又霹靂似的拍手喝采起來。把好大會堂震得四壁颯颯亂動。社長再要往下說。連一字也聽不淸楚了。過了半點鐘。才覺稍稍鎮靜。只聽得社長又說道。

請諸君少安。給我說完罷。我於此事常自問自荅。精細研鑽。才曉得把彈丸用第一速力每杪走一萬二千碼的時候可以射入月界是確寔無疑的。我最勇敢的同盟社員諸君。！鄙意便是要試做這一番極大事業。所以特來報告諸君。以爲何如呢。

社長還沒說完。那衆人歡喜情形。早已不可名狀。呼的。叫的。笑的。吼的。囂囂嘩嘩。如十萬軍聲。如夜半怒濤。就是堂中陳列的大砲一齊發射。也不至此。正是

莫問廣寒在何許　　據壇雄辯已驚神

要知以後情形。且待下回分解。

第三回　巴比堪列炬游諸市　觀象臺寄簡論天文

卻說社長坐在聽衆之間。睜着眼看他們狂呼亂叫。再想說話。站起身來。衆人那呢還理會得。也有打擊呼鐘。想鎮定大衆。無如大衆呼聲。却高過鐘聲幾倍。竟全然不覺。反跑上來。圍着社長。稱譽讚美。不勝其煩。當下依美國通例。社員列成行伍。點着松明。到各街市巡行了一遍。住在麥烈蘭的外國人。都交口稱譽。叫喊不止。直有除却華盛頓便算巴比堪的樣子。加之天又湊趣。長空一碧。星斗燦然。當中懸着一輪明月。光輝閃閃照着社長。格外分明。衆人仰看這燦熳圓滿的月華。愈覺精神百倍。那臨時抱佛脚買望遠鏡的。更不知其數。聽說福爾街遠鏡店。就因此獲了鉅利的。到了半夜。仍是十分熱鬧。擾擾攘攘。引動了街市人民。不論是學者。是巨商。是學生。下至車夫擔夫。個個

踴躍萬分。贊嘆這震鑠古今的事業。凡是住在岸上的。則在埠頭。住在船上的。則在船塢。都舉盃歡飲。空罐如山。那歡笑聲音。宛如四面楚歌。囂囂不歇。社長在如瘋如狂的大衆裏面。拉的推的。抬的。像不倒翁一般。和着讚嘆聲音。四處亂轉。到兩點鐘。才覺漸漸平靜。遠處來的外國人。也坐着火車。各自散去。社長忙了一夜。然正在歡喜。也不覺得辛苦。歸家去了。到第二日。衆人議論。愈加紛紛不一。原來美國人的性質。最是堅定。聽了巴比堪的報告。不但沒一人驚怪。却都說確寔無疑。必可成功的。當初拿坡崙道。「因字典中有『不能成』三字。人都受欺。其寔地球上那裏有不能成的事呢」美國人人佩服這話。所以不論什么事。亞美利加人民是從不大驚小怪的。報告傳將開去。自然是个个歡喜。五百種新聞雜誌。都執筆批評。也有據形體上立說的。也有以氣象學爲主的。也有從政治上發議的。也有從政治上立論。歸到開化的。有的道月界竟同我地球一般。樣樣完全嗎。有同地球相似的空氣嗎。發見月界之後。就該移住嗎。並說月界統屬美國。則歐州國權。不能平均。恐釁事端的。亦復不少。可惜這本書裏。載不盡那些名言偉論。沒奈何只好割愛了。此外有薄斯東的博物學社。亞爾白尼的學術社。紐約的地理國誌社。飛拉特非亞的理學社。華盛頓的斯密敦社。都從郵局紛紛寄信。祝賀槍砲會社的大事業。還有醵合金資補助一切費用的也不知多少社長的名譽眞如旭日初升一般竟个个讚美崇拜起來五六日之後。拔爾袪摩有座英商開的戲園。造一本戲。暗中含着譏刺的意思。大衆說他毀損社長。幾乎把戲園打得落花流水。英商沒奈何。謝過衆人。改了關目。却奉承起來。倒獲了大利。這是細事。按下不表……却說社長歸家之後。眞是食不下咽。寢不安席。沒晝沒夜。總是計畫着月界旅行一件事業。屢次招集同盟社員。議了又議。解釋了許多疑問。若是天文上的關係。商酌清楚。然後再把器械決定。這大試驗。就算毫無缺陷了。當下大家議妥。連夜修書。把關着天文上的疑問。寫在裏面。寄到沫設克誰夫府的侃勃烈其天象台。求他帮助解決。這府是從前聯邦合衆的第一處最有名的。而且好本領的天文家。多在此處。麗多氏決定彗星的星雲。克拉克發見雪留星的衞星。曾得了大名譽。他們所用至精極微的望遠鏡。也都是這天文台製造的。接到槍砲會社書信之後。自然是大家歡喜。極力賛成。不到三日。巴比堪家中就接得回函。一切疑問。都解釋了。回函道。

本月六日。獲貴社來書辱詢一切。即日招集同人。互相討論。折衷衆言。擬爲答議。幷撮其要旨。作約言五則。坿諸簡末。以俟採擇。我侃勃烈其天象台同人。於天文理論上之關係既經剖析。幷爲美國人民。祝此偉業。

第一問曰。彈丸能否送入月界　答議曰。若令彈丸每秒具一萬二千碼之第一速力則必能達其目的蓋離地上昇則吸力遞減與距離成逆比例即距離三尺則較一尺時其吸力必減少九倍故彈丸重量亦因之減輕迨月球與地球之吸力兩相平均則成零點其處即彈丸飛路之五十二分中之四十七分也是時彈丸全失其重量既越零點則僅受月界吸力必向月界而下墮矣由理論觀之自必成功無疑既如上述然亦不能不關於所用之機械力

第二問曰。月與地球之精密距離凡幾何　答議曰。月之環行我地球也其軌道非眞圓而橢圓地適居楕圓軌道之中故太陰周迴地球其距離遠近不相等天文家有謂「胚利其」(意即月球運行時與地球最近之處)或「愛薄其」(意即月球運行時與地球最遠之處)　者即此其最遠最近兩距離差之浩大有爲思慮所

難及者據近來確算月地距離最遠則二十四萬七千五百五十二英里最近則二十一萬八千六百五十七英里兩距離之差凡二萬八千八百九十五英里即多於全距離之九分之一也故應以最近最遠爲計算之根

第三問曰。具第一速力之彈丸令達月界需幾何時又應何時放射則可達月界之一點　答議曰。若令彈丸一秒時恆具一萬二千碼之第一速力則惟九小時即達月界然第一速力必至減小故達月與地兩吸力之平均點需時三十萬秒即八十三時二十分再由此點直達月界需時五萬秒即十三時五十三分二十秒也故若對瞄定之一點放射彈丸應於太陰未到前之九十七時十三分二十秒

第四問曰。月球行至最適於彈丸到達處應在何時　答議曰。解答第三疑問外。有尤要者即擇月與地距離最近之時刻及經過天心之時刻是也屆是時其距離可減去等于地球半徑長率（即三千九百十九英里）彈丸直達月界之飛路僅餘二十一萬四千九百七十六英里而已然月至地球最近處雖月必一次而又

同時適經天心、則甚鮮、非歷多年、不能遇之、是事當以、選同時適遇、右二事、爲第一義、所幸者機會適至、來年十二月四日、夜半月球正爲「胚利其」即至地球最近處、而又同時、適經天心、

第五問曰。放射彈丸時所用大砲、應瞄準天之何一點、　答議曰。來年適遇良機、既如上述則大砲自應瞄準其處之天心、故若置大砲令成垂線、則臨放射時、彈丸可速離地球吸力之感觸點、然因月球到達發砲處之天心、故其處以在超過月球傾斜之緯度爲良、即零度及北緯或南緯二十八度間是也、否則彈丸必須斜射、爲起業一大妨害、

第六問曰。彈丸發射時月懸天之何處、　答議曰。當彈丸飛行天際時、月亦每日進行十三度十分三十五秒、故與天心相距凡四倍於每日進行之度數、共五十二度四十分二十秒、是即彈丸達月及月球進行相等之時刻也、然因地球運轉而彈丸進路、遂不得不復生差異、其差由地球十六半徑、即月之軌道、推之凡十一度、此十一度中、應加右之五十二度四十分二十秒、（令分秒數進位則幾近六

十四度）故彈丸放射時發砲處之垂線應令與月球半徑成六十四度角

約言（一）置砲地應在零度及北緯或南緯二十八度間（二）大砲發射時應以天心爲目的而瞄準之（三）放射彈丸應令每秒具一萬二千碼之第一速力（四）放射彈丸應在來年十二月朔日午後十時四十四秒（五）彈丸發射後四日當達月界即十二月四日夜半恰經天心之時也

拔爾袪摩槍砲會社社長巴比堪君閣下

天象臺職員總代理侃勃烈其天象臺司長培兒斐斯頓首

衆人讀過來書。於天文上的疑問。都不覺渙然氷釋。自然是稱譽不迭的。各種學術雜誌上。也登載殆遍。并加上許多批評議論的話。引動了世人注目。又都紛紛贊美起來。正是

天人決戰　人定勝天　人鑒不遠　天將何言

天文上的疑問。都已解釋。那器械卻如何商量呢。下回再說。

第四回　喻星使麥氏頌飛丸　廢螺旋社長定鉅礮

卻說社長接到天象臺回書的次日。正是初八。便擺設盛醼。招集盡力社員。都到立柏勃力康街第三號巴比堪的本宅。開一大會。決定大砲、彈丸、硝藥、三大要件。當下依投票選舉法。選於學術上有大智識者四人。擔當各種事務。少刻檢票看時。最多數的是社長巴比堪。大將穆爾剛。少將亞芬斯東。那盛名鼎鼎的社員麥思敦。是不消說一定有分的。而且是個監事之職。四人也不推辭。都慨然應允了。社長先說道。諸君。我們今日應把砲術學來決這最緊要的問題。第一次會合時。於論定所用器械。為第一步的意見。已經都無異議的。然而再三思索。卻不如先議彈丸。後議大砲的妥當。因為大砲大小。是不能不依着彈丸做的。大眾還未答應。麥思敦慌忙起立。大聲說道。兄弟尚有一言。社長說先議彈丸。鄙意亦復如是。為什麼呢。這回到月界的彈丸。是同派遣的使節一般。倘若內中不學無術。便是外貌莊嚴。也不免受外人嘲罵。所以據兄弟的意思應以修身為第一義。外形果然要壯麗精工。內中也應該堅強縝密。諸君以為何如呢。那創造星辰的是造化。創造彈丸的是我們。造化常以電氣光線風籟等之迅速自負。我們不該以彈丸速率。捷於奔馬或汽車數百倍自負嗎。況且駕着一秒時走七英里的新製彈丸向月界進發是何等名譽呢諸君！怕那月界居民不用大禮迎我地球的使節嗎這雄辯家說完稍覺疲乏返身歸坐把机上擺的鹽肉又一片喫了。社長道我們已說過頌詞該研究實事了。大衆一面喫肉一面都應個是。社長又道此刻應議者是用什麼法子可以使彈丸一秒時有一萬二千碼的速力故從古迄今經驗過的速力不可不詳細說明此事是要勞穆爾剛君了。大將穆爾剛答道。此事兄弟頗知一二。當從前戰爭時曾任砲術試驗職員。所以至今也還記得。那達路格連氏百磅砲放射以後經過五千碼距離尙有每秒五百碼的第一速力還有浩特曼哥侖比亞砲用半噸彈丸每秒速力八百碼也達六英里的距離這等結果究竟非英國巨砲「安脫崙格」「排利造」所能及的。麥思敦嘆息道。唉、這樣彈丸加上這樣速力就是我發明的臼砲也未免破裂的了。社長徐徐答道。是定要破裂的然而我們這事業八百碼的速力未免過小還該增加二十倍呢要議增加二十倍速力的方法就先要注意同這大速力比例適當的彈丸大小應該如何至于半噸重的小彈丸于我們的事業毫無用處諒諸君都知道的。少將亞芬斯東問道。何故呢。麥思敦代答道。何故碼。便是以彈丸之巨大令月界居民驚懼的意思社長道。還有一層不能不用鉅大彈丸的緣故從我地球啓行直達月界旅路甚遙所以我們不可不時時瞭望的大將穆爾剛、少將亞芬斯東、大驚齊聲問道。這是怎講呢。社長道。彈丸向月界進發的時候若不能從地球上察看則這回的大試驗如何曉得成功與否呢。少將亞芬斯東忙應道。然則君的意見。是要造古今無比的巨大彈丸了。社長道。否否。聽我說完罷。目下視學上的機械竟已非常精巧有一種望遠鏡可以把視物放大六千倍月地的距離縮近至四十英里了。故此距離之內觀察六十尺平面物體是毫無疑難的惟不把望遠鏡的視力增加而物體又比六十尺較小則僅借着月球的極弱光線却不能看這小物體了大將穆爾剛道。是的。然則閣下要如何呢。難道就要製造直徑六十尺的彈丸嗎。社長搖搖頭。穆爾剛又說道。然則閣下的卓見是要增加月球的光線力嗎。社長道。君言甚是。這光線薄弱全因空氣濃厚的緣故所以把蔽塞光線線路的空氣弄稀薄了那月光自然而然的增加起來再抑望遠鏡裝置在最高的山頂一定可以成功的兄弟意見就是如此。少將問道。如此說來要用放大幾倍的望遠鏡呢。社長道。若用放大四萬八千倍的機械則月球可以縮到五英里之近此時有直徑不小于九尺的物體必能看見的麥思敦道然則我們大試驗時用的彈丸其直徑不必大于九尺了少將亞芬斯東接口道請諸君想一想這直徑九尺的彈丸該有若干重量呢社長道我的親友且莫講彈丸的重量讓我把古人的奇事說一說罷然鄙意並不以爲砲術之學今不如古無非因中世時古人做的事業頗可驚奇却像今人遠不及的樣子約畧說來似非無益的從前一千四百五十三年鬻哈默德二世圍孔泰諾波兒的時候曾用過重量一千九百磅的石彈丸又在呌馬爾佗的地方的沁胎耳木砦時放射的彈丸重量直有二千五百磅你說奇不奇呢至於兄弟親見的則有安脫崙格砲放射過五百磅的彈丸洛持曼砲也放射過半噸的彈丸若察古推今觀砲術上的進步目下就造比鬻哈默德二世的石彈丸幷洛特曼砲彈大十倍的也不至十分爲難罷少將連連稱是又問道製造彈丸用什么金屬呢大將道自然是鎔鐵了少將道彈丸的重量同容量有比例的這直徑九尺的鐵丸豈非要有非常的重量麽大將道那是實丸了這回用的是空丸不至于此少將道這彈丸側面該厚多少呢大將答道直徑一百八英寸的彈

丸常例不過二尺社長也答道我們此回用的彈丸並非攻石砦擊鐵艦者可比祇要厚量勝得過空氣壓力就好了此刻的問題是製一直徑九尺的中空鐵丸而不能重于二萬磅其側該厚多少請麥君確寔推算說給我們聽罷麥思敦道不過二寸有餘少將听了滿心驚疑忙問道够麼社長道必不够的少將双眉一蹙睜着眼道怎好呢只得把他種金屬來代鎔鐵了大將道銅嗎麥思敦只是搖頭說道還重還重少將急甚正想開口社長道莫妙于用鋁大將少將及麥思敦齊聲問道眞用鋁麼社長道這個金屬有銀之色澤金之堅剛輕如玻璃粘如精鐵易鎔如銅一般輕于鐵者三倍這樣看來我們大事業上用他製造彈丸最是恰當的少將道社長這種金屬不是狠貴麼社長道初發見時果然狠貴此時也不過每磅九圓並非我們力所不及的大將道然則彈丸的重量多少呢社長道前經算定凡徑一百八英寸厚十二英寸之彈丸如用鐵製應重六萬七千四百四十磅如用鋁製只有一萬九千二百五十磅了至于價値呢大約十七萬三千五百圓之譜兄弟都已算定不過用去這回大事業資本的九牛一毛諸君可不必疑慮的三位社員齊答道君言極是就此決定用鋁一事此外一

切。明日再議罷。說畢。大家行過禮。退會出來。早已紅日沉山。暝烟四起了。按下不表。……

……再說次日。社員又紛紛聚會。凡歐美人最重的是時刻。第一天約定從不失信的。所以不一會兒便都齊集。社長便道。同盟諸君。今日且不論別的。單把從大砲製造法至長短及物質重量等項先行決定。然製造大砲雖說只要無比的巨大就好。不知其間却有許多難處要望諸君指教了。此次應議的。是令重量二萬磅的空丸每秒有一萬二千碼的第一速力。該用如何方法。便是。還有同彈丸相關的三力不能不先行說明一硝藥之激發力二地球之吸力三空氣之抵抗力是也。這三力中空氣抵力無甚妨碍。包地球面的空氣不過厚四十英里若有上次所說一般速力的彈丸。不消五秒時就能飛過空氣圈。這抵抗力是微乎其微的。至于吸力呢。從前已說過。彈丸重量與去地距離為逆比例。漸漸減輕。譬如有一件物體全不加力而落於地面則一秒時落下五尺。然照離地漸高落下漸慢的公理推去。則離地二十五萬七千五百四十二英里時。(即月與地之距離)那墮落尺度自然大減。竟同不動一般了。所以使硝藥力勝得地球吸力。則我們的鴻業。必得成功。毫無疑義的。少將道。這却有點難處。社長道。誠然誠然這激發力同大砲的長短及硝藥力相關所以應把大砲的大小長短論定雖是古來大砲總沒越過二十五尺我們却不必拘此爲例況且大砲短小則彈丸在空氣中飛路加長故總以非常長大爲妙少將應道然則應長幾許呢尋常大砲之長率約彈丸直徑的二十倍或二十五倍其重量是二百三十五倍或二百四十倍麥思敦大聲道不够少將道據這比例則直徑九尺重二萬磅的彈丸其砲該長二百二十五尺重七百二十萬磅麥思敦又大聲道可笑得狠這是手槍了社長也笑道正是呢我的愚見就再加上三倍造個九百尺長的還恐未足少將道把如此巨砲用車轉運的方法閣下似未慮及麥思敦道眞可謂奇想天開了社長道並無方法然而想在砲身上加許多鐵輪埋在地裏用大石或漆灰裝置堅固至于鑄造大砲時該精細穿成一直線砲孔彈丸同砲孔之間教他間不容髮則火藥向橫邊的激發力便可變爲前進力了少將道砲膛中不用螺旋線麼社長道此次所用彈丸不比戰爭惟有第一速力最爲要着從螺旋砲中出來的彈丸不是比沒螺旋砲中出來的慢多麼少將點頭稱是此時已議論許久大衆都覺飢餓只得停會各人用膳不一刻漸漸歸坐重新議論起

來。社長道。鑄砲的金屬不可不有最大粘力及强堅易鎔等質該用什麼呢少將答道。必須如此然因爲數過鉅反覺難于選擇了大將穆爾剛道有種最好的混合金屬是用銅百分錫十二分黃銅六分合成的社長道這種金屬雖極合用無奈價值過貴不若用鎔鐵罷價值既廉鎔鑄又易就用沙模也鑄造得不但經濟上簡便并省却許多工夫聽說從前圍阿蘭陀的時候用鐵製大砲二十分時放射一千次還沒一絲破損如此看來這鎔鐵是最適當的社長一面說着一面對麥思敦道。厚六尺穿過直徑九尺砲孔的鐵砲該重多少請算一算罷麥思敦君。麥思敦毫不躊躇即刻答道。六萬八千四十噸其償每磅二錢共二百五十一萬七百另一圓衆人聽了大驚失色。都目不轉睛的覷着社長社長會意便道昨日已對諸君說了這數百萬圓資本金都在兄弟手中可以不必過慮社員始各安心約定會期。忻然散去次日再把硝藥决定就算圓滿功德那月界居民免不得要

吳質不眠倚桂樹　泉明無計覓桃源

要後知事如何且看下回分解。

第五回　聞決議兩州爭地　逞反對一士懸金

前回說過彈丸大小。及大砲長短。不費兩日工夫。都已議定。所缺的只有硝、藥、問題了。世人都想先曉得決議如何。熱心探問的不知多少。然而不曉得火藥的道理就是坐在傍聽席上也不免頭緒毫無味如嚼蠟不若趁此時尚未開議先把火藥起原說給諸君聽聽這、火藥起原有說是上古時支那人發明的有說是千四百年時僧侶修華之發明的然都是後來臆說不足憑信惟從前希臘國曾用過硝石與硫黃和合的烟火卻是史上確據鑿鑿可信的此外還有一層緊要的就是火藥之機械、力凡火藥一里得(量名)計重二十一磅燃燒起來便變成氣質四百里得這氣質又受二千四百度熱力的振動質點忽然膨脹變了四千里得如此看來火藥的容量可以驟然增至四千倍所以把砲孔閉住的時候這裏邊激發力之强大就可不言而喻了是日會議。首先發論的。是少將亞芬斯東。少將在獨立戰爭時曾當火藥製造廠主任之職。故關于火藥的理法無所不知。他說道。余先把經驗過的事業畧舉一二做個計算的基礎罷。如舊製二十四磅彈丸。是用火藥百六十一磅。發射的。社長大叫道。確寔麼。少將道。

寔是如此。還有安脫崙格的八百磅彈丸只用了七百五十磅火藥洛特曼哥侖比亞砲用千六百另一磅火藥把半噸彈丸射至六英里之遙這皆是親身寔驗確鑿無悞的。大將在旁。也帮着說毫無差悞。少將又道。如此看來。這火藥容量明明不依彈丸重量而增加的據二十四磅彈丸用百六十一磅火藥算來半噸彈丸該用三千三百三十一磅火藥然而只用千六百另一磅不是鐵證麼麥思敦怔怔的看着少將道。亞芬斯東君。把閣下說的道理擴而充之則具無上重量的彈丸定然用不着火藥了少將忍不住又氣又笑。大聲說道。麥先生。如此緊要的時候。你還播弄人麼。我在獨立戰爭時。實是試驗過的。最鉅大砲所用火藥只要彈丸重量的十分之一便能奏效了大將道。其實如是。然我的意見少將不等說完。便接着說道還該用大粒火藥因顆粒稍大則堆積起來空處便多易於發火大將道只是損害大砲未必有甚益處少將道果然。不免有些損害然而此次事業只要發火迅速就佳所以還可用得麥思敦道。不若多設火門以便幾處同時發火少將道。鑄造時必然爲難還是用大粒火藥的好那洛特曼氏哥侖比亞砲用的火藥顆粒有栗子般大小單是從鐵鍋中燒乾的柳炭製成的質既堅固又有光澤內含輕氣淡氣狠多發火亦易雖砲膛畧有損傷然砲口倒決不會破裂的是日社長並沒多說只是默默的坐着靜聽大衆議論聽到此處突然問道究竟用多少火藥呢三個社員正談得高興忽然來個不及料的問題都面面相覷不能立時答應大將想了良久纔說道二十萬磅少將也接口道五十萬磅麥思敦大聲道該用八十萬磅三人挨次說完便默然不語社長慢慢說道諸君據「大砲抵力實無限量」這句原理直可嚇煞麥君並證明麥君推算未免過於懦怯我想所用火藥該八十萬磅的二倍纔是麥思敦大呼道一百六十萬磅麼社長道是的火藥百六十萬磅其容量凡二萬立方尺我們所造大砲的砲膛不過五萬四千立方尺裝上火藥砲膛便所餘無幾不能有狠强的激發力加到彈丸了所以大砲若無半英里之長是斷斷不行的大將道這怎好呢社長道惟有存其力而減其量之一法而已大將道果然妙法然怎麼能够呢社長答道把這鉅大容量減至四分之一亦非難事凡一物含有多種原質者世上極稀是盡人知道的然而棉花卻內含許多原質若浸入冷硝强水時便生出難鎔易燒爆發等性這是紀元千八百三十二年頃法國化學家勃辣工

拿氏發明的名曰「奇采特因」到千八百四十二年舍密家司空培英氏始用之戰爭那叫「温录奇兒」的就是此物了(温录奇兒譯言棉花火藥)至於製法倒也頗爲簡便惟將乾淨棉花浸入硝强水內經十五分鐘後盡行取出用冷水洗淨緩緩晾乾就能應用了大將道果然簡便得狠社長又道這種火藥無潮溼之患大砲裝藥後不能即刻放射的用之最佳且遇着一百七十度的熱度便立時發火其燃燒之容易直同點火於尋常火藥一般少將拍手道好好可惜麥思敦連忙道勿愁價貴少將便不言語了社長道用尋常火藥百六十萬磅若代以棉花火藥四百萬磅就儘够了每棉花五百磅可壓成二十七立方尺所以四萬磅棉花裝入哥侖比亞砲時不出百八十尺以上裝彈丸的地位便綽有餘裕了此時麥思敦早已如飛的離座起立手舞足蹈起來鬧得大衆都難靜坐幸而會議既畢便趁勢閉會漸漸散去于是三大要件都已決定所餘者只有置砲的所在未曾議妥據侃勃烈其天象台回書道大砲應向天心放射而月球非緯度之零度與二十八度間則不經天心所以議決鑄造哥侖比積巨砲該在地球上什麽所在的問題亦頗緊要到了十月二十日社長重復騰出工夫招集

社員拿着一册合衆國地圖且翻且說道諸君我們起業的所在該在合衆國版圖中是不消再說的幸而我合衆國正亘北緯二十八度請細看這頁地圖這狄克石與茀羅理竇南方全部是最好的社長說完大衆多半同意立時就决定在兩處之中任擇一處行鑄造巨砲的事業原來二十八度的緯線乃是橫截美國海岸的茀羅理竇半島中央入墨西哥灣於愛耳白漠米斯西比路衣雪那恰成弓狀沿狄克石而成角度橫斷梭諾拉加利福爾尼以迄于太平洋這茀羅理竇南部並無繁華城市只有幾個小砦是爲防漂流土人之攻擊而設的其中的天波地方原野荒蕪人烟寥落是好个興行工業的所在狄克石却並不然人口狠多繁華的城邑亦復不少只有緯度甚爲相合這日槍砲會社的决議傳揚出來不料惹得兩處人民起了極烈的爭競各舉代表人連夜趕進拔爾袪摩府把會社團團圍着甲道請到我們這裏去乙道該到我們這裏來互相競爭兩不相下甚至執着兵器橫行街市會社社員怕鬧出事來都懷憂懼幸而兩處人民把競爭場都移到新聞紙上紐約府的「海拉德」及「芝立賓」新聞是左袒狄克石人民的「泰晤士」及「亞美利堅立日」是都幇着茀羅理的人說話這

邊狄克石人聯合二十六邦還自負着產物精良那邊荊羅理賓人也與十二國同盟常說沙地平曠宜於鑄砲在新聞紙上揭載數日終沒分出勝負看看竟要械鬭起來虧得調數隊民兵到來彈壓才覺漸漸平靜社長百忙中忽遇如此風潮也不免束手無策加之各種書信雨點似的遞來把書室裏面堆成一座小阜這也是兩處人民寄來內中無非都誇獎本地風光要請他與鑄砲的事業社長沒奈何又招集同志細細推敲而社員的意見都不相同仍然不能結局社長獨自想來想去決意擇荊羅理賓、同、天波間地方那曉得狄克石人聽了个个暴躁如雷强迫會社社員定要改變這番決議幸而社長的口才生得好設法慰諭勸解好容易纔慰解轉來都點頭應允坐着一點鐘走三十英里的臨時汽車回狄克石去了如此萬苦千辛纔把天、文、機、械、地理、三個大疑問漸次決定國美人民都不勝之喜無論民家旅店茗館酒樓所議論傳說的不是月界旅行的大事業便是社長巴比堪的言論行爲個個磨拳摩掌巴不得立時訂的一聲看這顆大彈丸向月界如飛而去便好拍手大叫把多日的盼望熱情向長空吐個爽快罄盡話雖如此這熱情像怒濤般的人民中終不免有主張反對者羼雜在內此等人或生性拘迂或心懷嫉妒某詩說什麼高峯突出諸山姤這是在在皆是的即如社長巴比堪學問淵深是不消說便是月界旅行的問題也算得剖析詳明毫無疑竇了誰料正在殫心竭力慘憺經營的時候忽地跳出一個人來拚命攻擊竟說得一文不值你道懊惱不懊惱呢若是個庸碌無能的便加幾千萬倍也無妨害無奈這人正是美國的碩儒社長的敵手家居飛拉特非亞名曰梟科爾學術精深性情勇敢草成數十篇駁論揭在各種新聞紙上痛說社長不明砲術的原理可惜的是過于激烈些了所以反對起來未免不留餘地有一篇駁論的大畧道「任何物體有令其速力每秒得萬二千碼之法耶即具此速力矣而若干重量之彈丸必不能越我地球之氣界設更進而謂有與以如此速力之方法則蕞爾一彈丸寧能支百六十萬磅火藥所生氣質之壓力乎藉曰能支亦必不能敵氣質之大熱度其出哥侖比亞砲口時必將鎔解變形飛鐵成雨灼灼然噴薄於觀者之頭矣」云云可喜的是社長連日甚忙接了駁論並不理會若在平日定要爭辯起來或竟兩下會面則兩人性質都是一樣激烈鬧出不測來都不能料的然而梟科爾卻仍不干休又把論鋒一轉說什麼

「會社之大業危險與否姑勿言而近地居民必因是而蒙不可名狀之鉅害且若不幸而彈丸不入月界復墮地球則地球雖不至於破裂而世界人民因是而蒙如何之鉅災實有難於逆料者故抑制因游戲而殃及全球人民之事業不得謂非我政府之義務也」等語絮絮滔滔說個不了幸而還只臬科爾一人此外並沒人隨聲坿和倒省却會社社員四處作書辯解的許多氣力臬科爾沒法竟開列五條用金賭賽的條約登在「栗起蒙德」新聞紙上說若不應其言便把這項巨資輸與槍砲會社那金額是。

第一、金一千圓　會社大業之切要資本未經籌定

第二、金二千圓　鑄造九百尺大砲不能告成

第三、金三千圓　哥侖比亞砲內之棉花火藥因彈丸重量而爆發

第四、金四千圓　哥侖比亞砲于第一次放射時忽然破裂

第五、金五千圓　彈丸不能升至六英里以上發射後經數秒時而墮落

共計懸了一萬五千圓的巨額彩金要同會社決个勝負若是沒學問的頑固起來倒

不打緊惟有那有學問的頑固起來就頑固得不可救藥這臬科爾就是個鐵證了登報的次日。槍砲會社社員便修一封解辯駁論的書信交郵局帶去。這封書信給臬科爾收將起來作者未曾寓目。故而不能將全文錄出。給諸君一閱。惟聽說是委宛周詳。言簡意盡的。正是

啾啾蟪蛄　甯知春秋　惟大哲士　乃逍遙遊

要知後事如何。且聽下回分解。

第六回　覓石丘聯騎入山　鼓洪鑪飛鐵成瀑

然而資本一事卻果甚煩難若豫算起來如鑄砲建廠造葯等約需五百萬弗左右憶從前南北戰爭時因用値一千弗的彈丸已聲動全世界耳目此番工業卻加上五千倍眞非一家一國所能獨力措辦的了那曉得社長卻早成竹在胸豫先已草就一張募啓說道。探月大舉實于世界萬國均有鴻益且亦諸國應盡之義務不可旁觀云云交郵局分寄亞歐非各處并在拔爾袪摩設一所募金總局。此外分局。更難枚舉。果然不到三日。美國各地捐金。已滿三百萬圓之譜。倘有從各國寄來絡繹不絕那各國

是

俄羅斯	三十六萬八千七百三十三羅卜
法蘭西	一百二十五萬三千九百三十佛郎
澳地利	二十一萬六千勿羅林
瑞典瑙威	五萬二千弗
日耳曼	二十五萬打兒
土耳其	百三十七萬二千六百四十比斯多
白耳義	五十一萬三千佛郎
丁抹	九千求卡
意大利	二十萬黎兒
葡萄牙西班牙等	若干

總計五百四十萬六千六百七十五弗

剎時間募集了如許重金會社事業早已十分鞏固至十月二十日便與紐約府司潑

靈商會訂定合同社長巴比堪同司潑靈製造局長飛孫各捺了印章交換畢就將設置望遠鏡的費用交給侃勃烈其天象臺製造鉛彈託了亞爾白尼的布拉維商會自己卻偕麥思敦亞芬斯東並司潑靈製造局副長向茀羅理䆧進發。翌日四人到紐棫林地方。換坐丹必哥汽船。剎時鼓輪前進。回顧路衣雪那海岸的絕景漸覺依微同殘煙而消失了。不滿三日。已越四百八十英里。遙見茀羅理䆧海岸宛如一髮青出波濤間旅客皆拍手稱快少頃泊岸四人魚貫而登細察地形頗見平坦草木不繁沿岸有一帶細流海老牡蠣繁殖甚夥迨至十月二十二日。午後七時。船入三多港。四人上陸。天波居民來迎者幾三千人。延入弗蘭克林旅館。社長道。我們無暇間居明日黎明就要探撿地勢的。衆人答應。第二日淸晨。果有茀羅理䆧騎兵一隊。軍裝執銃。待立門外。一則保護社長。一則導引路途。社長等四人。跨馬居中。有一少年道。此處是有「奢米諾兒」的。社長不解。少年又道。這就是漂泊平原的蠻夷。劫物殺人。無所不至。我們五十人。便爲此而來的。麥思敦不信道。未必有罷。少年道。實是有的。社長忙道。諸君高誼可感之至。然從前雖有。今日已無。亦不可料。諸人談笑之間。不覺已過愛耳非亞河畔。

再策馬向東而進。……　這菲羅理竇地方本爲雷翁所發見初名擺襄菲羅理竇以高燥得名行進數里漸見地質膏腴綠疇萬頃欣欣草木均有迎人欲笑之狀其他烟葉木棉蕃椒松杉等森然成林極目一碧社長大喜回首說道非如此地形斷不能作置砲場的麥思敦道。因與月球相近麼社長道。否否君不知土地高燥則興業更宜若不然掘一深坑時水忽湧出就難辦了麥思敦點頭稱是。到午前十時。不覺又行了十二英里深林欝欝不見日光更有密柑無花果橄欖杏甘蕉佛手柑等幽香縷縷隨微風撲鼻觀樹下幽禽成隊婉轉飛鳴麥思敦及亞芬斯東兩人對此天然美景不覺點頭太息疑入仙源勒馬不復前進無奈社長無心眺望。只促趲行。只得加上一鞭。又過了許多沼澤。社長忽大聲道。幸而我們已到松林了亞芬斯東道。怕就是野蠻的巢穴呢。說還未畢。果見野蠻一大隊奇形怪狀執刀馳來然見社長等無加害之意又有騎兵保護也就呼嘯一聲四下散去了又前進一里餘已到一岩石高原草木不生日光如火。而地勢卻甚高燥社長勒馬問道。此地何名。菲羅理竇人答道司、通、雪爾（譯言石丘）社長默然下馬。取測量器械。細測置砲場所。諸人肅然正列。寂無微聲。少頃社長道此地高於海面千八百尺約北緯二十七度七分華盛頓子午綫約西徑五度餘也岩石既多又無草木宛然造化豫造以供我們試驗之用似的大衆聽了都歡喜無量拍手讚嘆欣欣然歸了天波此外有許多社員工人尚留住在司通雪爾豫備與工諸事機械師馬起孫又坐丹心哥汽船運造器械工人由紐械林進發過了八日到三多港工人都帶妻孥像遷居似的萬分雜沓外加工作用的器械等直到五六日後方纔搬運完畢十一月初旬社長亦到築一條十五英長里的鐵路以聯絡司通雪爾與天波兩地消息又在石丘周圍建造鐵屋外圍鐵欄竟同一座小都府無異了準備完後又把地質調查多次遂定于十一月四日開工是日招集工人聚立一處社長演說道招集諸君到如此荒僻地方的意思想諸君早已瞭然不必再說須說明的是此番工業最小也應鑄直徑九尺厚六尺的巨砲故其周圍當築厚一丈九尺五寸的石壁據此算來則大坑直徑應寬六十尺深九百尺而此工業復必須在八個月告成即每日應鑿二千立方尺也還祈諸君努力說畢作禮而退至午前八時遂各開工工人凡五十名每三小時換班一次起手六英尺純是黑泥次二尺都是細沙質甚純淨可作鑄

砲模型其下爲一種黏土頗與英國白堊相類深約四尺再下便是堅土須與鑿石工業了如是逐日作工。頃刻不息到翌年的六月初十。居然共成四周均砌石塊底面是排着三十尺長的木材比社長豫約時期反早了二十日社長社員及機械師馬起孫。見竣工之速。都喜出望外誇奬不已。……　再說這八個月間。一邊鑿坑。一邊便連日運鐵。以前第三回會議時應用鎔鐵一事已經社長決定此鐵黏質最多用石炭融解後比他種金屬更好所以大砲汽機及製書機等凡要極大抵抗力者大都用此然鐵質融解後原質不能不變若要他復原必須再融一次故這回用的鐵質係先揀極佳鐵礦在司潑靈製鐵廠大反射鑪內融化再加石炭並含水矽養添助最高熱度且分離雜質便成了純淨的鎔鐵於是鑄成長條共重一億三千六百萬磅廠主早在紐約府撿選船舶共借得體質堅牢容積千噸的六十八隻裝滿鎔鐵第五月三日便由紐約一齊開輪但見黑烟捲水白浪掀天電吼雷鳴一般破萬里浪而去本月十日已溯三多港直至天波的港灣。也不納稅安然上陸。漸漸運至置砲塲近地這大坑四邊已設。立大反射鑪一千二百座每鑪相隔三尺各容鎔鐵十四萬磅距坑六百碼算計周圍共長兩英里鑪式係不等邊平行方形上有椭圓承塵全用不融青石砌成以便焚燒石炭下置鎔鐵底面傾斜三十五度可以令已融的鎔鐵流過筧筒注入坑內……卻說大坑鑿成的次日。社長便令在中心築造圓柱。係用粘土細沙兩種混合後再用切短藁草羼入攪勻便能格外堅固高凡九百尺對徑九尺與砲孔粗細相同離坑邊六尺。亦與砲身的厚薄相等周圍繞着數十個鐵輪繫在坑邊的鐵紐令圓柱懸掛當中毫無偏倚到六月八日。圓柱也告成功。遂議定次日鑄鐵。麥思敦忽問社長道。鑄造大砲。豈不是大禮麼。社長道。自然是大禮。然不能算公衆的。麥思敦又問道鑄砲之日。聽說君想閉柵。不准外人參觀可是眞的。社長道眞的。我想鑄造哥崙比亞砲時雖沒危險。然工業卻甚精密衆庶雜沓狠不相宜發射時也是如此社長話雖如是其實此番工業眞有萬分危險若衆人喧嘩起來鬧出大禍也未可料的所以終以不許參觀使工人得運動自由不誤工作爲妙到鑄砲日期。果然除會社委員外。不許外人闌入。那委員中最有力的是

畢爾斯排　漢陀　大佐白倫彼理

當時麥思敦居先導引諸人。察看器械庫工作局諸處。遂把千二百座反射鑪一一看完。諸人早已目眩神疲。不能再走了。此時各鑪中已分裝鎔鐵十一萬四千磅將鐵條縱橫排列令火燄易入空隙熱力更猛又因鐵汁入坑非在同時不可另備信砲一尊以傳號令倘信砲鳴時便把這千二百座反射鑪的漏孔同時拽開使鑪中鐵汁齊注坑內諸事準備已完大衆權且休息到次日黎明各鑪一齊擧火上有千二百支烟筒下有六萬八千噸石炭只見齊吐濃烟剎時間已如黑絨天幕把太陽光綫遮得一絲不露了加以鑪內熱力無量直衝空際鳴聲如雷火光烱灼又有通風機械招集天風增加勢力吹得呼呼作響鑪中鎔鐵便沸滾起來漸與空中的養氣化合此時工人都已揮汗如雨喘息不已連站在遠處的各委員也都頭暈眼花熱不能耐眼巴巴的只望信砲一聲當服淸涼良劑然而鐵質雖融其中尙含有許多雜質必待分離以後方能注入好容易纔聽得自鳴鐘鏘鏘的打了十二下信砲忽響硝烟一僂直上太空千二百座反射鑪中的鐵汁登時齊由筧筒奔出如尼格拉大瀑布一般明晃晃直落在九百尺深的坑內聲如巨雷土地震動刹時間黑烟捲地而起直上霄漢把近地草木都摧殘零落如遭颶風復從砲心圓柱中逼出一股水氣釀成濃雲恰如盛夏時頑雲蔽天暴雨將至情景各委員雖然膽識有餘無所恐懼然而不知不覺的皮膚上生起粟來顫動不止還有茀羅理竇近地幾個野蠻都疑火山噴火嚇得漫山遍野奔避不迭正是

心血爲鑪鎔黑鐵　雄風和雨鬪青林

要知鑄造哥崙比亞巨砲能否成功且待下回再說

第七回　祝成功地府暢華筵　訪同志舵樓遇畸士

前回雖說過鑄造大砲的盛況然而畢竟能否成功卻非經許多時日後不能確定諸社員各執已見推測將來有說可以成功的有說不能成功的囂囂然連日不息然總之都是空譚毫沒證據的過了旬餘烟焰未息宛如極大圓柱屹立地面其柱端直接着雲脚隨風蕩漾而地面又因受了鐵汁的熱力漸漸發熱在二百尺之中不能駐足社員如熱鍬上螞蟻一般只在四傍團團亂轉近不得一步至第八個月十日麥思敦

心中大不耐煩起來。高叫道。從今日至十二月間。只有四個月了。我們的大業。怎生是好呢。社長聽了。默然不答。諸社員也沒主意。都看着社長舉動。雖然不言。卻並無憂悶之色。彷彿可保成功似的。方纔把心放下。此時地面熱力已日減一日。從二百尺減至百五十尺。又減至百尺。到八月十五日。黑烟也漸淡薄。三四日後。僅吐一縷輕烟浮游。空際而已。社長大喜。于八月二十二日。招集了同盟社員及機械師等。走至大坑左近。熱力已消。按地上鐵塊。亦不覺熱。社長仰天嘆道。嗚呼上帝佑我把巨砲鑄成了！上帝佑我把巨砲鑄成了！ 即命再興工業。將砲內圓柱取去。並把砲膛磨光。然而內部泥沙經熱力激壓後。非常牢固。雖有鑿孔鑽鶴嘴鋤等件。都是蜻蜓撼大樹。動不得分寸。後來借了機器的力量。纔將泥沙漸漸掘出。追至九月三日。居然十分清淨。社長。又加添工資。以獎勵工作。命磨光砲膛。俗諺說。有錢使得鬼推磨。工人等見加多工資。自然盡力去做。不到四週間。已磨得像一間鏡室。四壁晶瑩。竟不待十二月。已見偉大無敵一望膽寒的巨砲功行圓滿了。其時諸會員。不知不覺的滿面笑容。手舞足蹈。而麥思敦更是忻喜欲狂。忽躍忽踊。仰視着蒼蒼的昊天。俯矚杳杳的地窟。一失脚。跌入砲孔中去了這砲孔深九百尺跌下去時不消說是血肉橫飛都成齏粉麥思敦未立奇功。先成怨鬼你道可悲不可悲呢然幸而白倫彼理正立身傍連忙揪住衣襟提起來擲於地上麥思敦本是口不絕聲專好戲弄人的至此時也只喊一聲阿呀默然睡倒了。衆人見他如此都跑過來扶起麥思敦賀再生之喜有的嘲笑他道君如先到地獄旅行把口上生成的巨砲一發便可震破鬼族的耳膜將來我輩死後不但閻羅耳聾不能得一正當的判斷便是對舊鬼談天恐也不能够了說畢大笑不表大家歡喜且說此時有一最失意的。就是那主張鑄砲不成的臬科爾老先生。十月十六日。照條約上第一二兩條。把彩金三千弗。交給社長人說他從此染病臥床多日不出。然條約五條中。尚有三條。合計十三千金。未決勝負。此時雖輸去三千。那三條尚不知鹿死誰手。又何必憂憤至此呢。不知臬科爾的意思却並非在金錢上着想實因鑄砲之成否與一生的名譽有關今見自己議論齟齬又羞又憤不覺成疾凡世上好名之人每每如是。無足怪的…… 至九月二十三日以後。社長令開丘外栅門。許衆人進內游覽。栅門開處。有許多老幼男女。早已蠭湧而來。把偌大石丘。滿滿的佔了個無立錐之地。而天波市至石丘間一帶地方。猶復車馬絡繹。喧囂不可名狀。亦可想見美國人民熱心的景況了。然各人熱心。卻非從大砲成後而起的。當初鑄造時。各處人民來看鑄鐵景象的不知多少。無奈社長堅閉栅門。不容進內。衆人湧擠栅外。但見黑霧濛濛上沖天末急得像索乳的小兒一般亂啼亂跳呼着社長的名字罵道我們最公平的美國人民中爲甚有如此不公平的事呢衆人齊聲吶喊幾乎有推翻鐵栅衝進石丘之意社員。皆慄慄危懼恐肇大禍然社長卻毫不動心把華盛頓獨立戰爭時在硝烟彈雨中指揮大軍的手段施展出來惟督責作工此外諸事均付之不聞不見倒也平安無事的過去了後來社長見大衆熱心欲狂彷彿有僅入石丘尚未滿意苟能一游砲膛則雖死無憾的情況於是開放栅門以後再造許多大籠上連繩索用滑車下垂砲底收放均用汽機運轉不費人工另寫許多告白粘貼栅外道「欲進砲內游覽者每人收資五弗」那邊告白還未貼完這邊汽機已不暇應接不到兩月已收入五十萬金會社中又得了許多補助據此看來倘大砲發射時不知更要加多幾億萬倍有人說若到是時歐州各國人民必當羣集海峽(謂天波)而歐州忽成曠土以致美國地租非常騰貴云云雖係過言亦非無理的。二十五日之夜社長創議在砲底開一落成祝宴。以電氣爲鐙光彩燦然照徹四壁。中置大桌。上覆絨壇。社長巴比堪。社員麥思敦少將。亞芬斯東大將。穆爾剛大佐。白倫彼理及社員等十餘人。均坐籠中。徐徐垂下。少頃支那的花紋瓷法國的葡萄酒皆由地面上直送至九百尺之下。羅列滿案。社長等相視大笑拍掌稱奇。酒至半酣。漸漸喧笑起來。有歌的有吽的有拋蒸餅的有擲酒盃的。到後來竟個個行步蹣跚。口裏不知說些甚麼。惟聞囂囂然的聲音充滿砲內。從此點反應彼點。或由此處傳達彼處。忽出砲口。宛如平空起了霹靂。在地面上的聽了都拍手吶喊。歡聲震天。挾着地底裏的聲音轟轟不絕。剎時間把一座石丘竟變成大歌海了。社長等聽得分明。也十分歡喜。那麥思敦更覺氣色傲然。或飲或食。忽踴忽歌。大有此間樂不思蜀之意。直至曙色蒼然方纔散會。從此諸事告成。只待發射彈丸一事。然衆人經此兩月。恰如數十星霜。焦急欲死。諸新聞館各派訪事員數名探聽消息。凡一舉一動。無不詳細登載。衆人爭先購讀。新聞館因此致富的頗爲不少云。……至九月三十日午後。社長處得一電報。係經過白隆西亞與紐芬蘭間海底電線。又過亞美利加大洲線。直達天波的。社長拆開看時。唇忽發白。兩目昏花。像十分驚疑模樣。那電報道。

圓錐形彈丸可改作正圓形余將駕以探月界故今日已乘阿蘭陀汽船由此啓行

九月三十日四時由巴黎發　　密佉爾亞電

電報如此。亦甚平常。社長爲甚驚疑至此呢。不知以前由郵局寄來信件中。如此者正復不少。然無非都是嘲笑會社的事業罷了。此番卻用電報告知有十分鄭重之意難道世界上竟有這許多視生命如土芥的大人物麼。於是招集社員把電報朗誦一遍。問道。諸君以爲何如。諸社員想了好一會。有的說是嘲笑。有的說是滑稽惟。麥思敦默然不語。待衆人說畢。忽大聲道。諸君意見。雖紛紛不同。然亞電氏的志氣亦可謂大極了。諸社員都不能答。只得悵悵的散去。且不說社員懷疑。便是近地居民。也私有許多議論。沒到半日工夫。密佉爾亞電的聲名。已傳遍亞美利加全國了。然有無其人。則尚是一個啞謎兒。不能猜破。每日尋社長問消息的。不知其數。後來竟像觀劇一般。湧擠不開。其中有人伸着頸子問道。亞電氏從法國啓行了麼？社長在宅內應道。尚未分明。那人又問道。我們是爲探聽確信而來的。！ 社長道。到那時便知確信了。然而衆人尙不肯散。糾纏不休。又問什麼改變彈形。什麼亞電的電報。社長被纏不過。只得整冠出門。帶領衆人。到了電報分局。發一電給烈伯布兒的貨物保險會社社員道。

汽船阿蘭陀。何日由歐州啓行。其旅客中有法國人名密佉爾亞電者否。

發電後。社長等便坐在局中。不到兩點鐘。果然得了回電。上寫道。

汽船阿蘭陀。於十月二日由烈伯布兒開行。向天波市進發。査該船旅客名氏簿中。有一法國人名密佉爾亞電者。

接到回電後。大衆纔放心散去。社長胸中的疑團。也刹時雪消氷釋。連忙發信至布拉維商會。命把製造彈丸一事。暫停數日。待亞電到後再作商量。至十月二十日午前。遙望海面。果有淡烟一縷。在若隱若現之間。未及正午。已見一艘巨大汽船。檣頭錦旗。隨風飄動。直入三多港。惟留下一道黑煙。蜿蜒天半。其行如矢。忽過赫耳波羅灣而去。將到天波市。輪動漸緩。少頃已至碼頭。剛要拋錨時。早有無數小舟。團團圍住。爭先跳上汽船。招攬生活。其中第一個沒命的跳上的。便是社長巴比堪。未到上面。即放聲大叫道。亞電君！亞電君！亞電君何在？連叫數聲竟無應者社長心慌跑至舵樓邊竭力大叫忽聞舵樓上有長嘯聲且答道余在此耳擡頭看時則其人年約四十體格魁梧。頭圓額廣黃髮垂肩如獅子鬣狀鬢赤黃色縱橫兩頰間眼圓而銳惟畧如近視在樓上或左或右運動不止忽而自嚙指甲忽與傍人談笑其氣力之活潑真一探撿月界的好身手也社長忙登舵樓。遠遠的喊道。今日見君。實徼幸之至。那人也跑過來。握一握手。社長正欲述自己意見。並問亞電來意。不防天波居民。竟海潮般的湧到面前。圍住亞電。亂叫狂呼。雖聽不清說些甚麼。大約是讚美的意思。亞電及社長兩人。擠在當中。連氣也喘不得一口。好容易纔分開衆人。躲入亞電房內。關上門。喘息一會。亞電先問道。閣下就是巴比堪君麼。社長答應。亞電又道。好好。君無恙乎。社長道。幸無恙。君真決意往月世界去麼亞電笑道。如素無堅强不屈之志那有遠來此地之理呢社長道。君此次遠行。妻子等竟沒留難麼。亞電道。沒有沒有我電報到後君已把彈形改革否。社長道。此事必當與君斟酌。故得來電以後。望君如大旱之雲霓。今幸君至。想必早有卓見了。亞電道。余幸逢君與此偉業。得旅行月界的機緣。豈非無上幸福麼。故于彈丸一事久經思索頗有所得的社長見亞電臨危不驚談笑自若眞有俠男兒的氣魄心中已十分敬服便道余知君必有高見兩人宛如久別的良朋各訴抱負娓娓不倦亞電又道余此來頗有許多鄙見欲向大衆一談如君以爲無妨乞明日招集亞美利加全國人民開一大會余將陳說意見對付駁論以破衆人之惑乞君爲我謀之社長點頭稱善即出房告了大衆都拍手大喜歡聲如雷麥思敎怪聲怪氣的大叫道嗚呼不料今日竟遇着絕世俠男兒了！把我們去比較這種勇敢歐人怕還不及一弱女子呢此時社長又安慰一番並勸衆人散去遂復回至亞電房中講了許多閒話方纔握手作別那船上自鳴鐘正噹噹的打了十二下正是

幸逢賓主皆傾蓋　　獨悟天人一振衣

要知第二日盛會的情形亞電的雄辯須聽下回分解。

第八回　溫素互和調劑人生　天行就降改良地軸

却說汽船到着的翌日。便是大會。社長怕來聽者好醜不齊有妨亞電演說想只准有學問的入場辯論其餘一概屏絕無奈人心洶洶比火燄還烈要是防止他眞比遏尼格拉大瀑布還難幾倍社長沒法只得棟一塊大平原約距天波市一里想張許多帆布遮蓋日光不料次日黎明大平原上已無容足之地那裏還能張什麼帆布呢社長商議道你看此等人太陽未出的時候我們去張帆布他便連說不要不要好像我們多事似的到了上午却要翻轉面來罵我們不周到哩果然一到上午日光漸烈衆人焦熱不堪便一齊責罵社長其聲如雷轟轟地不絕其人數不下三十餘萬在前面的尙能觀聽一切其餘則只聽得喧嘩的聲音看着無數的帽頂宛如落在大旋渦中轉來轉去頭暈耳鳴却連那演壇的形式也看不見一點少頃忽大衆向兩面閃開讓出一條大路那邊緩緩行來的便是亞電右有社長巴比堪左是社員麥思敦各著禮服映着日光光線繽紛四射奪人目睛三人徐上演壇舉目一望但見無量黑帽簇擁如波亞電雖十分歡喜却如平日一般畧無倉皇之色此時大衆微發嘆聲讚美其志亞電忙脫帽鞠躬作禮又舉手向下一按是表明請衆人鎭靜之意便操英語說道

諸君不厭炎天辱臨茲地。余實榮幸無量。余既非雄辯者流。又未常以博物家名于世。何敢在博聞多識的諸彥之前搖唇弄舌耶。然竊聞吾友巴比堪氏所言。知諸君頗不以余爲不足共語。故不揣冒瀆。謹呈片言。以慰諸君子熱望之盛情于萬一。倘言語之間。偶有紕謬。尚乞勿罪。……　諸君若聞余言。必以爲不辨難易的大愚公出現于世。然以余觀之。則駕彈丸作月界旅行的事業。徵之理論實際。皆易成功。不見人事進化的法則麼。其初爲步行。繼而以人力挽輕車。繼而易之以馬。遂有迅速的汽車橫行於世界。據此推之。當必有以彈爲車之一日。及爾時則諸惑星與地球上通信之法。甚易處置了。然諸君至此。必曰。奈彈丸之速力何。而余則以爲如此速力一無足畏。請觀彼衆星的速力。豈非遠勝彈丸速力麼。又此地球之載吾人以運行于太陽之周圍也。實速於彈丸三倍。而與他惑星相較。則宛如老人策杖。徐步與駿馬之馳驅。其差異爲何如。………

說至此。有人大呼道。惑星的速力。將來是增加。抑是減却。呢亞電道。其速力漸漸減却的……　諸君。……　或人腦小如芥。禁錮於地球之內。遂謂除此一塊土外。必難轉移他處。眞是偏執已極了。此等人物。在今日雖吶吶誹議。而至將來。必如從烈伯布兒至紐約一般。有迅速容易安全三事。以得由彼月界旅行于惑星

及他衆星之自由

大衆寂然無聲傾法國俠男兒的雄辯至此忽現驚異之色如疑亞電之好爲大言故造奇語者亞電早知其意面含微笑從容說道

諸君頗有疑慮之意麼假令余言皆虛則所疑固非無理然諸君曷不試算以臨時汽車從地球至月球之日數乎不過三百日耳兩球間之距離不過地球周圍之九倍耳毫無可異者在乃已如聽『天方夜譚』駭怪至此設有人欲向距太陽二十七億二千餘萬里而運轉的奈布青星以旅行則君等將何如且以愛克佉斯星距我數千萬里之距離想像地球與月球之距離則君等又將何如噫近若比鄰而妄人乃曰何星與地球之距離凡幾許地球與太陽之距離凡幾許頻說天體各個之距離豈非背理之至麼……　余就太陽系思之此太陽系者係堅固之實質體組織之衆惑星皆互相密接所謂存在其間之空間僅如金銀銅鉑等至微極細的空間而已故彼等所謂何星與地球之距離幾何太陽與何星之距離幾何者果何爲乎其間無眞距離之可言也諸君其思之否……　諸君其思之否

語聲未絕。忽有大呼者道。道星與地球間。無空間之存在耶！則麥思敦也。亞電正想着下文演說。不備防忽地霹靂般的大聲。直衝耳膜。大喫一驚。幾乎從演壇落下。幸而連忙扶住。方免於難。若竟跌落演壇。則身負重傷是不消說。便是喋喋辯論的無空間說。也可藉從演壇落至地面的實有空間而大悟徹底了。聽衆口雖不言。而眉目間却顯出嘲笑的影子。亞電知道人有嘲我之態。整一整衣泰然說道。

聽衆諸君。適所論地球與月球之距離。惟一細事。殊無足深思者。總之不越二十年。我地球上人民之半。必能旅行月中一新耳目。所憾余孤陋乏識。不能解釋此極大問題。深用自愧。今乃屢蒙垂問。余不覺忻喜欲狂。遂至失儀。有瀆諸彥。罪誠無赦矣。諸君若宥其罪而再賜以問難。則余必竭所識以對諸君

演說者旣表明解釋疑問之意。社長見他勇氣凜凜。力敵萬人。十分敬愛。想把實驗上的疑問提出幾條互相問難。以鼓其氣。便肅然起立。先述發問之事。令亞電注意。纔說道。我新交之良友乎。君以爲月世界及他惑星中。必有人類棲住的麽。亞電微笑答道。

社長閣下。蒙君不棄垂詢極大疑問。余幸何如。抑此疑問。雖布留佗瑞典巴格波兒

等諸碩儒猶不能究其蘊奧況不學無術如余者乎然僅就余所見言之則當從窮理學者之說以下見解即由『宇宙間廢物無形』一語想來則彼世界必可供人類之棲居既能棲居則所棲居當必有人類

社長道此疑問未經確定亦不能援引定理惟由個人思之自不能不生月球及惑星中能否棲居之問題耳故余之獨斷則竊以爲月球及惑星乃人類可居之處也亞電道余意亦復如是兩人問難之間壇下衆人也各紛紛議論甲發論乙駁擊丙折衷聲如鼎沸而其多數則皆執月界及惑星中無可居人類之理其說道若人類欲棲居他世界中則天授的性質必當隨惑星與太陽的距離而大行變革否則或爲大熱力所炙或爲大寒威所虐斷無生存之理的亞電答道

余適與社長言未及細聽諸君之說敢謝諸君并乞少令會塲靜肅余將表明反對之意見矣蓋余實將主張彼世界適於人類之說以攪破諸君之迷夢者也余雖非窮理家然亦畧通其義窮理家云接近太陽的諸惑星皆各含少許溫素其溫素於軌道上回轉之際與遠離太陽諸惑星的多溫素因運轉之力互相均和得熱力平

均以成適於有機體如吾人者可棲居的溫度設余眞爲窮理學者余將曰造化于地球上動物中示特別生活狀態之例甚多如魚如水陸兩棲類其理均難索解如棲居海中的一種動物居極深之水底受與五十或六十氣壓相等向海水壓力而身體毫無破碎之患又如棲居水中的一種微虫於溫度全無所感或在蒸騰如沸的溫泉中或在固結如石的氷海下像魚一般游泳自得彼造化製造動物令之生活的方法千彙萬狀固非無理而爲吾人微智所能測者僅可屈指數耳然謂因惑星中熱力而動物遂難棲居則余雖不敏敢獨排衆議力斥其誣者也使余爲化學者余將曰世有稱雷石者地球外物也若分析之其物質中含炭素少許據拉赫來排夫氏之精細試驗知其根源爲有機體且有生命之動物也使余爲神學者余將曰信聖保羅言則神之救援人類的至愛不僅在此地球無量世界無不普遍然不幸而余非神學者非化學者非窮理學者復非論理學家不能知造化調和宇宙間物之大法而惟想像於冥冥之中而已以是於月世界及他惑星中適否人類棲居之問題遂難解決以不能解決故余所以汲汲以求之者也

右演說纔畢。大衆已發聲狂吼。轟然震天。恐雖兩軍交戰。殺人如麻的時候。也未必有此壯觀。其中有幾個反對的高聲駁擊。却被衆人的聲音遮斷。亞電並沒聽到一句。其後叫聲漸歇。那反對的也就不語了。亞電見無人出來反對。便又慢慢的說道。

聽衆諸君。余以淺識。不足釋社長之問。只就所見者畧言一二而已。然余今所欲言者。非復惑星中能否棲居人類之問題。倘乞垂聽之。…… 余將對固守惑星非人類可居之僻說者。略抒所見。夫諸君以細小之精神指地球爲至良無上的世界豈不懼大背於理的麼即如諸君所熟知的地球衞星只有一個而裘辟陀烏拉紐撒達恩那布青等星的衞星却有數個那有劣於地球之理呢抑此地球因其軌道之平面二軸的傾向而生晝夜長短之差以苦吾人又因其傾向而生四季之差以苦吾入吾人所居的不幸之大球面時而烈寒時而酷暑約言之即交冬令則殭凍欲死入夏季則頭腦如灼其尤不幸者若骨節痛若咳嗽若氣喘若癲病種萬狀以苦吾人甚至有苦不欲生以早入鬼籙爲快者而如裘辟陀星等的平面則不然回轉之際傾斜甚微設有居民則必因各帶氣候終年相同而得無垠之樂康以消歲月至其氣候此處常春而卉木明媚彼處恆夏而炎陽逼人甲部分則落葉瑟瑟時打庭除乙部分則積雪皚皚永封谿谷故裘辟陀星之居民喜春陽者至春地宜夏景者適熱帶好秋氣者居秋地愛冬日者之寒帶各從所好以養其生豈非極大的幸福麼諸君試思余言即可知裘辟陀星實優於地球遠甚而棲居其中的人類與吾曹不幸之人類較其才智體力必當優勝之理也就毫無疑義了今於他事姑不措問。吾人若欲如裘辟陀星一般達於圓滿之域則不可缺者惟一事即令回轉之地軸軌道上之傾斜減少而已

此時只聽得大呼一聲宛如夏日白雨之先起個霹靂其中有人道

若吾人人力所及盡協力發明一大機械以改良地軸回轉的方法何如!

說還未了讚嘆的聲音又如雷動發語者爲誰則名轟美國的大滑稽家麥思敦也凡美國人性質假使果畧有改良地軸法的理他必凝無量功夫造調理地球的巨大槓桿扛舉地球改良方向所惜者吾人尚未發見此理雖長於機械學如美國人亦只得付之無可如何而已噫正是

天則不仁　四時攸異　盲譚改良　聊且快意

此次大演說。究竟如何情形。如何結果。下回再表。

第九回　俠男兒演壇奏凱　老社長人海逢讐

郤說麥思敦說了一句笑話。又鬧了許久。纔覺漸漸鎮定。有人說道。雄辯的演說者乎。聞君所言。已明白許多想像之說了。乞說入本旨。把月界旅行的疑問。實地上研究一研究罷。其人說完。漸擠近演壇。睜眼看着亞電。見並沒回答。又高聲說道。我等來此非欲議論地球。我等不是因議月界旅行一事而來的麼。衆視其人。則軀幹短小。鬚如羚羊。即美國所謂「哥佉髯」也。目灼灼直視壇上。衆人挨擠。都置之不問。亞電聽了大喜道。君言甚善。此時議論已入歧路。以後當談月界之事。說未畢。即有人喊道。君言地球的衞星。適於人類之棲居。果如此。則人類必全無氣息而後可。蓋月球的表面。實無如空氣等小分子之物質也。余以此告君者。係發於慈意。且以警……亞電把頭一搖。赤髮散亂。大有爭鬬之態。既而以銳利的眼光。直睨其人。厲聲道。汝言月球全無空氣。惟假定之說耳。至其眞實。則誰敢任之答道。達於學術的人。任之。亞電道。眞麼。那人道。眞的。亞電昂頭笑道。噫閣下。余素愛學者。然金玉其外敗絮其中的僞學者。却深惡之。請君勿復言。又有人問道。君知僞學者爲何狀乎。亞電道。余固知之。如我法蘭西以學士自命的先生。乃謂由算術上言。鳥無能飛翔空中之理。又有自許超倫軼羣的大人物。乃謂由論理上言。魚無游泳水中之能。嗚呼。此種人物。非狂而何。余實不欲與言。且亦不足與言。亞電纔說完。有人大聲叫道。汝學不修。乃敢論人不學麼。其語勢大含輕薄之意。亞電亦大聲答道。余素不學。一無所知。然此身却有敵泰山當北海之勇。那人道。然則暴虎馮河之勇而已。非愚即狂。亞電聽了。肅然正色道。聽衆諸君。余此來非爭學者之徽號。苟月界旅行的事業告成。即我事已畢。其他細故。何必喋喋爲。社長及同盟社員。都注目亞電。見其挺孤身以敵萬衆。協助鴻業。畧無畏葸之概。嘆賞不迭。所慮者亞電既是外國人。與衆人毫不相諗。今又論議一變。將成爭鬪。或有險象。也未可知。心中頗懷疑懼。少頃。聽得又有人反對道。演說先生。據余所知。足證月球周圍全無空氣之說者甚多。即偶有之。亦必爲地球吸力所吸。而被奪於地球。且余尚將引證他說以……亞電忙道。可盡君所有。一一言之。反對者道。如君所知。光線爲氣體所橫截。則直的光線。必屈折而變方向故於有星從月後行來時注視月球則自星發射的光綫皆直過月球平面的緣端毫無屈折變向之狀若有空氣何至有如此現象呢亞電微笑道。君言殊似有理。即眞修學術之徒。恐亦未免結舌而余則大不爲然。因其係牽强附會之說也。君頗似辯士。請爲余畧言月中有無火山之事其人答道。有是有的然今已不噴火了。亞電道然則火山惟一時噴火而今則僅留遺迹耶答道然而此不足爲空氣存在之證亞電道若惟偏于理論恐遂無决定之時今更進一步畧論實驗上的事罷紀元千七百十五年有著名天文學士路比及哈累二人察看五月三日的月蝕於月球中發見奇異的火光兩學士遂確定爲月球中由空氣而生之電火反對者道那兩人視察時以地球上從水氣發生之現象誤爲月球之現象當時即知其非大受哂笑這是經他學士所證明的亞電答道余猶有說千七百八十七年時哈沙氏于月球之表面發見無數火光點天下咸知之君輩乃不知麼那人道知之然君於實論未下注釋余今爲注釋之蓋因哈沙氏發見之光點遂謂可推論月球不應缺乏空氣之理余未有聞也且波亞及埋讀夫豈非研究月球的專門名家麼此兩人均主月球無氣之說而其說則若合符節的此時大衆靜聽二人討論愈出愈奇都精神發揚四處亂湧如大海的波瀾一般雖默不一語而自有一種奔騰澎湃的聲音瀰漫壇下少頃亞電又說道余請更進一步論之若著名之法國天文家羅色陀氏于紀元千八百六十年七月十八日月蝕時明見新月尖處至凹部間有橫截月球面空氣的太陽光線屈折形狀。不是個鐵證麼閣下還有何說那人不能再駁。默然退去不復有人再來反對。此時亞電恰如大將凱還一般兵士的歡聲洋洋盈耳亞電也喜色滿面。徐徐說道。諸君今雖有非議月球表面空氣存在說者全屬謬想無足與辯然彼世界的空氣較爲稀薄則容或有之有人問道。設空氣稀薄如君所言則大山之顛必無空氣人將何以登山巔呢亞電微笑道。實然空氣惠在山間之平地其高不過四五百尺而已那人又道。恐有時竟與全無相等故至月世界時不可不豫備此事君以爲何如亞電道先生所言。極合於理然空氣雖薄必足養人設忽遇變故空氣竟非常稀薄則余有一節儉之法即除特別不可缺時外全不呼吸是也說至此衆人大笑亞電不能再說待了許久笑聲纔歇。又說道。諸君於余所言。既無異議。則於月球間空氣存在說諒必亦無疑義了如此則月球表面又必有水若果有水實余之極大幸福也且反對諸君……余猶有說吾輩所見者僅月球之一面而已此面既有少許空氣則不能見之一面必含空氣更多有人忙問道這是什麼理呢亞電道其理麼月球受地球吸力之作用成雞卵形我等所見者為卵形之尖頂據荷然氏之測算則重力中心應在我們不能見的他半球故那一半月球必有更多之水與空氣亞電說完頗有人疑為架空想像之說者亞電道此乃純粹的理論而發源於機械之定則者那有可容攻擊之理呢然而我等在可生活的月世界中能否保全生命的問題卻還要質之聽衆諸君子此時三十餘萬的聽衆忽發讚嘆之聲遠近相和雖有幾個反對的發論駁擊而如失水的魚一般只見他唇腮開闔聲音則並無一絲傳入亞電之耳那反對的便着急起來極力大叫不已當時激惱了衆人把許多人推出場外口裏喊道趕出這些反對的狂人！趕出這些狂人!! 反對的且行且說道演說的先生不欲聞余二三疑問麼亞電招手道汝說汝說余甚好之反對的得了亞電的許可纔立住腳喘吁吁的說道君何故不留意至此耶駕圓錐形彈丸而至月界噫不幸哉……發射之際因反動力而有粉身碎骨之

禍。……　君以爲何如。亞電笑道。我的反對先生所言亦非無理。然余思美國人以剛强不撓的精神任事必有免此奇險的良法君其勿疑那人又道彈丸飛過空氣時飛力極速不至發生大熱力麼亞電道。不然不然。彈丸極厚且我等當疾飛以出空氣之外那人道食物呢亞電道。余以算術測定貯足支十二個月之量而旅行時只得四日惟用其少許而已那人問道彈丸中空氣不慮缺乏麼亞電道。余以化學之法製造之那人又道。彈丸能恰落在月長之上麼亞電道落于月球中與落於地球上相較其力只六分之一耳故彈丸重量較在地球時必減輕六分之一反對論者略想一想又道。然以余所見。當彈丸墮落時。因重力所激。君的軀體必至如擲琉璃於石上一般紛紛四散而不可見。……　今假令凡諸危難諸阻礙均有趨避之法如君豫想駕大彈丸安然。以達月中其後將用何方法再歸地球呢亞電道。余固無再歸地球之志衆人聽了驟不解亞電之意愕然噤不發語。有幾個反對的趁着空間便說什麼如此則於學術仍無稗益。如此則與橫死無殊。其中一人大呼道。君輩言太過。待我問之。亞電厲聲道。誰復敢與亞電言者！　有人答道。欲與君言者係以人爲誕妄不足取以事爲虛僞不能成。而不學無識之一人也。社長靜觀亞電與衆人討論。容貌肅然。大有不顧一切之概。至此時忽見發語的是個社員。便忍不住立起身來。想分開衆人。走下去把那人的言語禁止。不料纔近衆人。已被抑留。一齊舉手把社長擎起。又把亞電擎起。發聲吶喊以表揚兩人的名譽。衆人爭來擎舉。雜踏不可言狀。其中雖有許多反對的。只是張開兩臂防爲他人推倒不迭。那裏還有工夫再來駁擊。但見萬頭攢動之間。社長幷亞電兩人。夾着吶喊聲音。忽在此處。忽在彼處。動搖運轉之狀。宛如狂濤無際的海中浮着一葉。倏起倏落。見之魂悸。兩人乘着有足的船。一剎那時。已到天波地方。天波居民。又有擎舉兩人表揚榮譽之意。亞電曉得了。忙逃入弗蘭克林旅館。覺疲勞已極。亟揀一處最好臥室。倒頭便睡。惟有社長仍在衆人之間。擠來擠去。見還有反對的。遂大聲喊道。有反對會社的大業者。請隨我來！來！！說還未了。已有一人直跟着社長向撻溫司福爾碼頭而去。其地甚爲寥寂。絕無行人。社長立住問道。君是誰。其人答道。余臯科爾也。社長大聲道。余欲見君。已非一日。今乃相遇於此。何幸如之。臯科爾道。余亦如是。故來見君。社長道。君曾侮我。臯科爾道。然。社長道。余將擧輕侮三條件以問君。君能答乎。臬科爾道。謂立時能答否耶。社長道。否否。余欲與君言者乃重大事不可令外人知故當秘密一切不可不擇一寥寂之地互相决議去天波市一二里許有大森林名曰。斯慨撓之森汝知之否臬科爾道。余夙知之社長道。乞君於明日入森林中待我……君如與余同意則余亦來覓君……且勿忘攜汝之旋條鎗臬科爾道汝亦勿忘攜汝之旋條鎗兩人談畢。約期而別。唉！諸君。這一回有分敎

硝藥影中灰大業　暗雲堆裏泣雄魂

要知明日在斯慨撓森林。兩人演出什麼慘且聽下回分解。

第十回　空山覓友游子斷魂　森林無人兩雄决鬬

卻說亞電進了弗蘭克林旅館因過於疲勞食卒就睡耳鳴頭眩。如置身大彈丸中一般擁着重衾。不數分時已沈沈入夢。便是雷鳴地震。也不能把銅像以的睡漢攪醒過來未幾東方漸明日光熹微早映窗幔只聽得有人打門大呼道。有大事君何不開門。！何不開門。!! 然在門外的雖似十分惶急。而在門內的却仍冥然罔覺。只是鼾聲雷動。大呼數回。纔答應了一聲。此時門外諸人。已不耐煩起來。嘩啷一響。窗戶大開。窗

上玻璃。也如胡蝶般亂舞。亞電大驚。坐起看時。乃許多鎗砲會社同盟社員。爭從窓口。紛紛跳入房內。第一個便是麥思敦。不待亞電開口。便滿房亂跳。大喊道。我們的社長。昨晚竟被辱於萬衆之前。侮之者誰。便是那個臯科爾。故社長已與彼約定在斯慨撓大森林中央一死戰。此是社長自己告我的。若不幸戰敗則會社的大業不要成了水泡麼。唉危！危險!! 我等該阻止纔是。然一人獨力那能遏社長決鬭之志呢。余想此事。惟亞電君除了亞電他人不能。亞電聽麥思敦之言。默不一語。至此忽從床上躍起。不到數秒鐘。已穿好衣服。開了門。仝着麥思敦如飛的出了旅館。徑奔那大森林而去。行了一刻。麥思敦把臯科爾如何反對。如何寫信辯論。如何懸金賭賽。如何與社長相爭的顚末。細細告知亞電。亞電忽發歎聲道。唉愚哉。唉何其愚哉。若已決鬭。嗚呼。……將如何將如何故我等不可緩行宜急走！急走!! 讀者須知美國風俗。這決鬭之事。殊可怕的。如兩人私論不合時。便約定所在。或用手鎗。或用利刄。互決勝負。不死不休。視當日社長與臯科爾定約情形。不消說是鎗聲響處。這鬭如虓虎的兩雄。必有一人要告別的了。亞電等兩人。大踏步飛跑。過荒野。攀危嚴。過稻田。早已朝露沾衣。礫石破履。又有不識數的樵夫把斫倒的大木積滿路口費盡氣力纔匐了過去遠遠見一白髮樵夫在那裏伐木麥思敦飛跑上前大聲問道。樵夫。汝見提旋條鎗的人麼。即我的朋友鎗跑會社社長巴比堪氏也。然而一個山內樵夫曉得什麼社長睁着眼不知所對。亞電忙說道。是像獵夫的人樵夫笑道。你們尋這像獵夫的人麼此人在一點鐘前早已過去了麥思敦聞言。顏色驟變。嘆道。既在一點鐘。能則我等已遲了。亞電問道。你聽得鎗聲麼麥思敦道。還沒有亞電即握着麥思敦的手連說快走拔步奔入灌木林中。此地有杉楓秋立布橄欖槲等樹其他嘉卉異草更難枚舉枝柯交錯密葉如織咫尺不能辨兩人恐致失散攜着手分開枳棘彳亍前進兩耳聽着鎗聲兩目看着前路有幾處似有人跡疑巴比堪曾從此經過而細心檢查却連足跡也尋不出一個又行。二三百步後枳棘更多樹枝更密太陽光線不能透入幾與昏夜無異兩人沒奈何立。住脚。麥思敦發失望的聲音說道。余此時實已不知所爲。亞電道。我等已至此。若決鬭時。鎗聲必當傳入我耳此時未有所聞似可無慮亞電雖如此說殊不知社長的性質乃是見危不怖遇剛則茹既已約定時期那有不來之理呢況鎗聲傳播常隨風向或既經放射而兩人未曾聽得亦理所恒有的麥思敦愈想愈怕顫聲道我想……我等到此過遲彼等必已決鬭了君以爲然否亞電不答只催前行繼而知徒行無益兩人思得一法相約各放聲大呼麥思敦呼社長的姓名亞電呼着臬科爾無奈喊破喉嚨終無應者只見山鳥驚飛 鹿子暗遁而已此時跋涉森林已及大半而社長及臬科爾的影子也不可得兩人大爲失望頗有言歸之意亞電忽遙指遠處大呼道麥思敦君那不是人麼！ 麥思敦望了良久答道像是人…… 那是人麼然彼不動其傍又無像旋條鎗的東西那是做什麼的呢亞電本來近視遂問道你亦認不清麼麥思敦道哦我看清楚了他亦遙望我等彼…… 彼臬科爾也亞電大聲道臬科爾麼其聲似酸楚不堪者停一會又道余當至彼處定其眞僞乃急行五六十步定神一觀噫、果是臬科爾其傍有數株秋立布樹蛛網縱橫纏住一個小鳥振翼悲鳴而一大蜘蛛伸長足捉之不得逃遁臬科爾置旋條鎗在地折樹枝擊蜘蛛以救小鳥且破其網小鳥遂欣然飛去臬科爾目送之色甚愉快回首忽見亞電愕然道君以何事乃深入此大森林中亞電道余欲防君殺我社長且阻社長害君故來此耳臬科爾道社長何在余亟欲見之。然已尋覓二時間。終不能得亞電道。君若眞覓社長。必無不得之理。然未知是未曾尋覓。抑眞覓之不得歟。使社長尚存於世。則必無不得之理的。梟科爾大聲道。巴比堪氏與余。不死其一。必難結局。故大競爭是萬不能免的。亞電愕然良久。說道。汝何意。噫汝何意。汝眞可謂猛烈如野獅了。梟科爾道。余已有戰鬬之意矣。麥思敦上前大聲道。梟科爾君。余爲社長的良友。而社長亦善愛余。君若殺人之心。不能自抑。則請殺麥思敦以代社長。梟科爾忽拾起身旁旋條鎗。搖手道。君毋戲言。亞電道。我友麥思敦決無戲言。余能力保其殺身代友之志實出於血誠。然余在此決不令社長或麥思敦氏的生命喪汝鐵丸之下。余將在君及社長之前敬呈一言。梟科爾似欲即聞其言。忙問道。君欲言者何事耶。與何事有關係者耶。亞電答道。姑待之。姑待之。非在社長的目前。余不言。梟科爾道。然則請與余共覓社長何如。于是亞電及麥思敦。跟着梟科爾。復入森林。往來尋覓。所遇者無非是枯木孤藤。奇岩怪石。而社長則連影子也不可見。麥思敦忽向梟科爾說道。我想社長尚在。必無難遇之理。莫不是君……與社長既決鬬了麼亞電亦甚心疑。迫着梟科爾要索還社長。梟科爾力白其誣。且辯且走。不覺又行了二三百步麥思敦忽擧手一指道好了。兩人擡頭看時見四五十步外彷彿有人倚着大石堅坐不動麥思敦又道看！看呀!! 那是人…… 那不是社長麼三八大喜。飛奔而前。果是巴比堪氏。坐在石上。亞電大呼道巴比堪君！巴比堪君!! 喊了數聲。社長並不答應。也不回頭。只見他手執鉛筆在手帖上繪畫地圖傍邊倚着旋條鎗也沒裝葯彷彿把決鬬的事已經忘却了一般亞電大踏步上前徑握其腕。社長愕然驚起。默不一語。亞電大呼道。余發見我的良友了。噫社長君在此何爲耶。社長欣然道。余方計畫一大事業故思慮不遑他及。亞電道何爲。社長答道。我等月界旅行的彈丸體裁甚大故震動亦大不可不設法減却之余所謂大事業者即此亞電看了梟科爾一眼答道當眞麼。社長也忽擧首見麥思敦在傍便道。麥思敦君汝何故亦來此我等豈無用水以防震動之妙法乎亞電道。君忘梟科爾氏之事乎說畢即招梟科爾至自己身傍。社長滿面笑容。大呼道。梟科爾君。請恕我罪余已忘夙約矣然于戰鬬之事則早已准備。亞電忙闖入兩人中間仰天說道。余謝天帝的仁惠不使兩勇者早相會合。又回顧左右說道。巴比堪君。…… 梟科爾君乎。君輩非地球上人所謂學者耶。天地間之理無一不可解者今君等必欲以鐵丸破腦骨果何心歟若如此則地球上又失兩大學者君等縱不自哀乃不爲我地球上惜耶亞電說至此暗視兩人均含微笑無求鬬決死之態殊出意外暗想不若設法解勸以弭兩人的勇氣遂微笑說道我良友之諸君此番會社企圖之事業徒以議論從事殊屬誤解而於此誤解之事又精擘細覆豈非誤解中的誤解麼不若勿再喋喋聽余一言梟科爾勃然變色怒目道君以議論決事件之是非爲無益而余則殊有所見亟欲吐之今君既有言其速言毋撓余說其速言亞電道我友巴比𧺝氏所測駕彈丸達月界之說必可信必無疑的社長道余固謂然而梟科爾君乃謂發射以後不能直達月界而再墮落於地球竟與余意見大異梟科爾道吾决其必不能達月界必再墮落於地球亞電道君所思者任君思之余無臧否之意亦毫無屈人就巳之心雖然余有一言……君盍與余等共駕彈丸以至月世界乎！則墮落與否得實證矣麥思敦大喊道君何言！君何言耶!! 社長及梟科爾兩勇者於不留意間驟聞麥思敦大叫均喫一驚默然良久蓋社長欲先待梟科爾如何發言而梟科爾又欲先觀社長有如何的意見我待你你待我遂張目相持良久不語

亞電道。空談成敗終不如實驗爲優故彈丸震動等疑問此時可不必提其大小諸事亦不必慮社長大呼道。誠然事以實驗爲優余亦作如是想亞電聽了拍手踊躍忻然說道。唉可賀！可喜！此實勇敢之言嗚呼我良友之諸君以此一言遂得大事業的結局豈不可喜！可賀！蹙？正是

賴有蓮花舌　讎消談笑間　獨憐麥壯士　從此慘朱顏

社長與臬科爾的深讎。既已消釋。又去了一重障礙了。至於以後情形。則且待下回再說。

第十一回　美逍遙游麥公含憤　試震動力栗鼠蒙殃

卻說美國人民。初聽得社長與臬科爾決鬪之事。甚爲驚惶。繼知因亞電及麥思敦的調和已得結局。都不勝忻喜。連在遠處的。也各派代表。以申祝賀之意。亞電所居旅館門外。忽如繁華的都市一般。甲去乙來丙歸丁至。每日不知有幾千萬。亞電不但無休息之時。即兩手亦握得麻木不仁。全失知覺。而諸代表人。又因他是探檢月界的偉男兒。常欲畧談數語。以爲榮幸紀念。故門外固來往如潮。而旅館中也幾至無立錐之地。

其他諸方人民設宴招請的。更不計其數。即全身毛髮悉化小亞電。也不遑應接。此外尙有許多人民要亞電周游美國。令全國人等皆得一面。且擬送數百萬圓的旅費。亞電左右爲難。只得一切謝絕。而衆人崇拜仰望的熱情。比火還烈。不得已購買照相。以慰飢渴。不論大小。求索一空。各處照相店。終日汲汲。只曬亞電的照相。尙覺不足。至於他人照相。自然是概行停止的了。還有一種可笑的畫師。毫不知亞電的相貌如何。祇任自己的猜度。隨手亂塗。口索高價。而買者也不辨眞僞。隨手買去。這些崇拜亞電的。不但男子而已。就是女子。亦不知多少。更有各地貧民。難覓生計者。千百爲羣。要與亞電同往月球。待發財以後。再歸地上。每日圍着旅館。如大軍攻孤城一般。喧囂之狀。不能筆述。後經亞電再三撫慰。且許可了。纔紛紛散去。亞電向社長道。愚民之愚。一至於此哉……君想月球與我地球上人民的疾病。有關係否。社長道。余想月球關係疾病這些話。皆誕妄不足信的。亞電道。讀古時史乘。頗有實蹟。而余則殊不謂然。若舉其一二。則如千六百九十三年時。傳染病流行甚厲。人均謂羅病者。多在月食既的時候。又如碩儒培根。雖身體素强健無疾。而每逢月蝕時。常氣息厭厭欲絕。千三百九十九年時。查理第六世有時因月之盈虧而發狂疾。又據歌爾氏的實證。知凡因病發狂者。當新月及滿月之際。必發病兩次。其所據極確。又由熱病或睡行症（謂睡眠中忽起而行者）及其他人類諸病觀之。彼月球與我人類的身體。皆確有可驚的感覺的。社長笑道。然其理不可解。亞電亦笑道。此疑問惟可借古時某學者答人之言解之。即「傳說以奇而不足信」是也。亞電既於大會時解釋一切。諸凡障礙。都已除去。得稍閒暇。遂赴醮數處。以慰衆人之望。且帶領諸友游覽各地。遞至砲口旁。無不如進無間地獄一般。戰慄却退。亞電則上睨蒼天。下窺砲底。欣喜無限。暫且按下。再說麥思敦言社長等三人。旅行月界的日期將近。不勝歆羨。想了數日。定欲同行。遂將其希望之意。告知社長。社長因旅行人數。既經決定。不能再行增加。甚欲拒絕。又怕麥思敦悲憤。挫了勇氣。乃把彈丸狹小。難容四人同居之理。告之。麥思敦不能答。怏怏退出。想去想來。越覺壯志勃勃。不能自制。亟訪亞電。請代往月界。並乞在社長處爲之轉圜。且說了許多自己往月界時。有如何利益的話。亞電欣然答道。余之老友。余所信者。將爲君一身計。或觸諱忌。乞勿見責。……君何不自查身體。可是個完全無缺的身體。不完者。不惟難適如月世界等的異國而已。即在地球上。可能自由運動麼。以後請勿再望月界旅行了。麥思敦聽畢。甚覺悲楚。問道。因余身體不完。遂爲不適於居月世界的人物麼。亞電道。實於月世界中極不相宜的。余之老友。如畧言其理。則此次月界旅行乃我地球上第一次派遣的使節。如有肢體不完者厠足其間。不能不曰非我地球上的大恥辱。君不以爲辱麼。能對月界居民。恬然無愧麼。若在大醼會中。追談往事。必變快樂之情爲酸辛之思。非汗我地球使節的重任麼。若說起斲肝損腦的原因。則我地球上人惡如猛獸。互相搏噬之事。必當吐露。豈不應彼等的嗤笑麼。且我地球足容人千億。而月界中不過一億而已。我浩大的地球上人民。乃爲細小的月球中人民所嗤笑。誠一大恥辱事。請君熟思之。麥思敦聞言甚不愉快。勉强說道。君所言者。均非無理。然達月球而後重力一震。都成紛末。則余之殘缺的賤軀與君之完全的貴體。恐未必有什麼差別了。君以爲何如。亞電即答道。君言亦是。然我等已得確算達月界時。必與我從法國來美國時無異的。麥思敦默然不能答。遂握手而別。……

且說以前諸種試驗。頗獲良果。社長亦甚安心。惟彈丸發射時震動力的强弱如何。則因未經試驗。故難確定。社長忽思得良法。以試其事。乃從賓洒哥拉（茀羅理竇之一港）造兵所。借了一尊三十八英寸的臼砲。令許多僱工。運至羅奪堤上。其裝置係砲口向外正對海面彈丸飛出後即墮。入水中可免破裂之患蓋試驗目的非欲觀墮落的模樣只要看發射後的震動力如何而已此時已先造成圓錐形彈丸內部空虛用彈力最强的極良鋼鐵編成網形恰與鐵製鳥巢無異覓猫一匹并把麥思敦平日愛養的小栗鼠强奪了來一同閉置彈內以驗發射之後兩小獸有無震死或暈眩的情狀扃鍵既固便與百六十磅硝葯裝入臼砲少頃只聽得社長高呼放射！一聲那彈丸已以極大速力飛行天半其飛路成浩大無邊的弓形高達千尺以上而墮落於海麥思敦立在烟燄之中仰天嘆道良機一失不可再逢彈丸狹小不能容我遺憾何極唉栗鼠栗鼠你比我徼幸多了社長聞言心頗不忍。然亦無法慰藉。默然揮豫泊海邊的小艇。齊向彈丸落衆而進。社長等四人亦乘舟在後。諸艇中共有善於泅水者數十人。手持繩索刹時跳入海中。覓得彈丸。其上本有小穴即用繩索繫住牽上甲板。計從發射至今不過五分鐘而已然彈丸經發射後。一震動開之甚難費盡氣力纔開了鐵鍵把猫引出四人仔細看時則身上雖微有擦傷而活潑仍無異平日且舔嘴咂舌向麥思敦叫了一聲大有驕傲之意四人大喜道駕彈丸以凌太空已得佳徵可喜可喜然再覓麥思敦的栗鼠則已不翼而飛毫不見影社長疑甚細察彈丸內面微見血痕始悟此猫在旅行時已將共患難的良朋果了枵腹卻裝着不干我事的模樣欣欣然歸來了麥思敦素愛栗鼠如性命今爲猫所食悲憤不堪定要替栗鼠報讎社長等三人大笑力勸方罷自此猫安然歸來以後那些說不成功的或危險的人都如反舌無聲杜門不出社長本來尙疑震動之力有害身體至此亦渙然冰釋絕不留痕過了兩日忽從合衆國大統領處派來了一個專使以表祝賀之意又援那著名的輝軼武之例許亞電用「亞美利加合衆國府民」的名號以示寵異正是

俠士熱心鑪宇宙　明君折節禮英雄

從此月界旅行的難問題都已解釋只待時日一到便可束裝首途若要知後事如何。下回再表。

第十二回　新實驗勇士服氣　大創造互鑑窺天

前回雖說諸事既畢。祇待日期。然而尙有彈丸。未曾告竣。此物自接到亞電的電報後。已命停工。迨亞電到了。商酌多日。始差一專使馳至布拉維商會。重令製造。故至十一月二日。乃得告成。從東方鐵道輸運。十一月十日到了石丘。社長巴比堪及梟科爾亞電三人。便去細心查檢。原來這彈丸的周圍皆貯淸水。其深三尺。底面塞以圓形水板令水不漏。且能自由運行於彈丸之中。旅客居住的地方。宛如水上木筏。下有直立的厚木板以備分開水力。當發射時。全部之水。因受了震動力。都從下部逆流而入上部滙集漏于水管中。此管口有木塞裝置甚固。頗難脫落。然因流水壓迫之力極大。故木塞忽脫。水即如瀑布一般。由管口噴出。噴盡以後。旅客必受彈丸的强廻旋運動。微覺暈眩。然出砲口時的第一大廻旋運動。則因水之流動。殺其勢。已無大患。加之彈丸上部。遍張最良厚革。幷釘鋼鐵彈條。漏水管即在此彈條下面。故豫防第一大廻旋運動之法。已盡全力。若尙不能防。則非發明一鐵作精神的妙法。則無他術了。彈丸上部有一小穴。用純鉛爲門。可以開闔。內面固以螺旋。如至月界。則旅客可由此門出入。以休長途之疲勞。探異地之勝跡。至於飛行時。察看太空的則另有四個金屬製的天 心上下各二篏着極厚玻璃引入光線且用電氣生火以禦嚴寒眞是千緒萬端無不周備所慮者只有彈丸中空氣新陳交謝之法尙未籌定而已社長於此一事絞盡腦力屢廢寢食纔得一綫光明研究之末遂獲善法蓋地球上空氣的成分每百分中爲養氣二十一與淡氣七十九分所和合人類呼吸一次則收養氣百分之五而代以吐出之炭養二此炭養二即由體上熱力及血液元素之沸騰而生故人若居彈丸中密閉諸戶絕新舊空氣交謝之作用則若干時後空氣中的養氣全被吸盡剩下許多炭養二充滿空中人類遂至悶絕防禦此患惟有二法一用新鮮養氣以補充消耗的養氣二將人類呼出的炭養設法消散行此二法亦不甚難只用鉀養綠養二及鉀養二物而已鉀養綠養者爲化學中藥品之一屬乎鹽類形如水晶加熱至四百度則變爲鉀綠而放散其所含的養氣布滿空中用二十八磅鉀養綠養五可生養氣七磅即法國量二千四百里得旅行者二十四時間的呼吸已綽有餘裕了鉀養者亦屬化學藥品其性與炭養二有極大愛力故置之瓶中屢屢搖動則漸與空氣中的炭養二化合變了鉀養炭養二而彈內空氣常得清淨據此理論想來則兼用二法一能令腐敗空氣復歸淸潔一能生新鮮

養氣保養人間然天下事多據理論極少實驗筆舌間雖娓娓可聽而實驗時終無成效者亦頗不尠故社長發明之法雖似美善而不用人類試驗則到底不能確信麥思敦道此實驗也不肯讓我去麼我想在彈丸中必可保一週間之生活諸社員夙服其勇敢不忍拒絕遂購了許多藥品及食物置之彈中麥思敦於十一月十二日午前六時別了諸友并約定二十日午前六時出外得意揚揚的鑽入彈中去了是後石丘之上不聞麥思敦大談狂美的聲音十分寂寞社員於無聊之時常常憶及且恐有不測愈難安心每日往來彈丸之旁探聽消息佇立良久忽聞麥思敦吟詩聲嚶嚶然透出彈外始知此老無恙懽喜而去云……

前回曾說會社開了募金局報告以後天下萬國無不響應一剎時間已得了巨大金額足敷會社之用遂將募金局鎖閉社長于去年十月二十日將金資若干交給侃勃烈其天象臺托製巨鑑一架可以見月球表面上直經九尺之物體者此時雖光線之學已極蘊奧機械學亦達高度而世界上有名的巨大望遠鏡有浩大視力者却只兩個一爲哈沙氏所造其高三丈六尺有直徑四尺六英寸的目鏡視力强度可放大物體至六千倍二爲羅德洛慈氏所有在愛蘭的

佗翁派克地方管長四丈八尺目鏡直徑六尺視力六千四百倍重量十二噸半其巨大及重量雖足驚人而放大物體之力則僅六千餘倍故大如月球亦惟可縮近至三十九英里以內若非極長或直徑六十尺的物體仍不能見今旅行的彈丸僅直徑九尺長一丈五尺而已故不可不將月球縮近致五英里以內即放大物體致四萬八千倍也侃勃烈其天象臺招集了會員大與論議或深研原理或覃思方法遂決定望遠鏡之管應長二百八十尺內容新式反射鏡目鏡直徑應寬一丈六尺繪了圖形開工製造此鏡在地球上雖已巨大無匹而較之先年天文學家芙克從思想造出的一萬尺望遠鏡則不免小如微塵了第二步應研究的便是置鏡的所在天象臺職員意見頗不相同因此甚費爭論蓋裝置巨鏡不可不擇一最高的山巔而合衆國中高山極少最著名者僅兩道山脈川王及米斯西比兩大河流貫其間在東者名曰阿白喇丁山最高處爲紐漢北西亞凡五千六百尺殊不足副高山之稱在西者曰落機之高嶽山脈連互岩石嵯峨有一望千里之槪山脈由麥改蘭海峽發端蜿蜒廻壞于南亞美利加的西方海岸其名稱或一變而爲安提司或一轉而成可昔雷拉其他各部分異

名甚多。進而橫截巴拿馬地峽。貫通全部北亞美利加。終達北氷洋而止。雖高不過一萬七百餘尺。然美國本無高山。不得不推落機爲第一。遂決定於此山脈中揀一最高所在裝置巨鏡。先運應用器械及派人夫致密棱里的輪庇克山巔。始把望遠鏡諸物設法搬運。數萬工人。過沙漠。穿深林。入蠻地。千辛萬苦。屢折不回。未到十二月。這偉大無比的望遠鏡已登積雪不化的山巔。高聳于太空無際之裏了。憶從前有美國機械師自誇道「與我任何重量令置任何高處無不如意」聞者皆以爲妄。嗤之以鼻。自此大工業告成。世人始知其不謬。而美國人之長於機械學。亦於是可畧見一斑了。然總計製造搬運諸費。卻用去了四十萬圓以上。此欵則前回已經說明。是由社長豫先交付的。……望遠鏡裝置既畢。各天文視察職員的心臟。自然是怦怦鼓動。急欲一觀天界之奇景。蓋據我等想來。則用視力四萬八千倍的巨鏡窺察月球。不惟其方大形象當出吾人想像之外。即其表面的動植都邑湖海的眞況。亦必歷歷可數。會萃鏡中。那些天文大家雖比我等聰明。然何嘗不作是想呢。那曉得窺看之後。竟大失望。除了古人據學理所發明者之外。仍屬惝怳迷離。不能確定。所見者惟火山殘滓。累累如陵。畧能。

辨其性質而已然將在天的極點處之數萬星辰測定直徑則不能不曰此鏡之偉績又天象臺職員克拉克審定了一種星雲亦爲羅德洛慈氏的望遠鏡所不能見的正是

譚天驕衍原非妄　　機械終難敵慧觀

這望遠鏡畢竟能否看出月球上的彈丸須待下回分解

第十三回　防蠻族亞電論武器　迎遠客明月照飛丸

却說光陰如電又屆初冬實驗日期愈覺逼近各社員的心魂早已飛向九天作環游月界之想獨有梟科爾依然頑固如昔堅說不能成功他說道哥侖比亞砲中裝入引火棉四十萬磅重量如此燃燒必易況又加彈丸壓力則引火棉必要生火釀成奇禍的然社長則已思慮周詳毫無疑竇一任梟科爾終日嘮叨總是屹然不動親自指揮工頭教授搬運之法其法係將引火棉分成小份裝入小箱封緘嚴密始從天波運至丘下又有數百工人由推行鐵道輸運砲旁再用起重器械吊入砲底蓋引火棉的性質最易發火若用汽械不免有磨擦之患終不如人工之佳當搬運時工業場二英里

內。禁絕烟火後又因太陽光線頗覺酷烈恐光線激射釀了巨禍遂索性在夜中作工幷仿桑悋凌夫之法借眞空中發光的光線直照砲底先用火葯小包排列引火棉下火藥包間各有金屬絲聯絡以通放射時發火的電氣到十一月二十八日那八百個火藥小包竟安然運入哥侖比亞電底近村人民得知其事又漸漸蝟集愈聚愈多競欲入內觀覽社長不允令人堅閉柵門盡力防禦而大衆狂呼亂叫騷擾不休社長無可奈何暗想把火藥包給衆人一看或可稍慰他們的渴望遂吩咐工人把引火棉箱排列柵內以饜衆目而自己同麥思敦兩人往來巡行防衆人誤將吸殘烟草擲入柵裏此時來觀者已增至三十萬左右麥思敦便有千目千手也無異一個蚊子想負起毘拉密圖(在埃及之金字塔)終日飛跑不遑應接遂大聲喊道諸君切勿吸烟防生奇禍！然狂瀾似的大衆那裏聽得一分依舊雪茄如林吹烟成霧宛如英京倫敦市的炊烟裊裊然罩住了石丘一帶麥思敦見衆人置之不理怒不可遏跳出柵門拔了小刀隨手亂揮如汽車上的車輪一般滾入人海把所有卷烟草不論啣在口的拿在手的都搶過來熄了火抛在一邊刹時間已成了一座小阜衆人見這位老夫子生氣便都虛心讓步漸漸鎮定了。及至裝完火藥。果然毫沒差池。臯科爾的豫言。又成了一件失敗的話柄。按下不表。……卻說月界旅行時。還有一件不可不慮的。便是食物、及器具、設月界中也如地球上一般有屠牛的有造麪包的有釀葡萄酒的則雖孑身獨往亦不愁凍餒無奈自古以來終未得一確信若稍有疎忽豈非歷來的勞苦都成了泡影麼。亞電便寫一張應用物件的目錄。同社長商量數次。揀最要緊的陸續購辦。不到幾日。把彈丸室內已堆積得無容足之地。社長遂將必不可缺的物件。揀了許多其餘一概取去。零碎物件。則封入箱內。即驗溫器風雨表望遠鏡等。路上最要的物品。也裝入機械箱中不令露出。又買幾張波亞及穆埃雷繪的月世界地圖以備參考差異。及訂正謬誤此圖測量極密月中的山嶽平原危峯大海及噴火口等的廣狹大小位置名稱并自月球東方的雷普涅子及德弗兒飛山至北極的木勒拂力科山諸地方無不記載詳盡有條不紊另購旋條鎗并獵鎗各兩支連許多彈丸硝藥一并排列室內。亞電笑道。到月界時。如有人類與我等無異則遇不速之客必來欵待或贈美酒或貽佳果善言論者抵掌而談問地球一切事好奇者設醮或歌或舞極人生之歡則適。

合我等之希望榮幸何極。若不然。如入印度內地一般。或蠻人跳梁。舉兵來襲。碎裂我等。以充飢腸。又或猛禽怪獸。充滿洒地。磨牙舞爪。饞涎如泉。則我等將用何法防禦呢。社長問道。君想月界中必有此種野蠻居住的麼。亞電道。余亦推測而已。至其實情。古無知者。然昔賢有言曰「專心於足者不蹶」余亦用此爲金杖。以豫防不測耳。社長道。然據余所見。則月界中當無此種惡物。讀古書可知。亞電大驚道。所謂古書者何書耶。社長笑道。無非小說之類耳。然書中謂月界之山嶽無巨莽森林。難容猛獸。則極可信。余即由此臆度的。亞電道。君以臆測之故。遽不設備。豈非大錯麼。余等此番旅行。實非爲一身計。故不可不再返故國。以報告全地球人民。若被食於野蠻猛獸。不是勞而無功。徒留笑柄麼。社長點首道。甚是甚是。余已無可言。此後惟聽君之指揮。亞電道。君言幾窘殺我。余實不甚解旅行一切事。不能不求助於君。社長道。余固有助君之志。亞電道。余想防禦器機萬不可缺。即鶴嘴鋤鐵棍大斧手鎗等是也。其他冬夏衣服。亦應完備。……又余等雖深惡蛇屬。或虎獅豺象等。而無牛馬犬羊諸家畜。則甚難生存。還該攜去數匹纔是。社長大笑道。我良友亞電君乎。余前雖言聽君指揮。今實不復能忍矣。

君不知旅行彈丸的大小與古時「愛克船」無異麼不知「愛克船」的幅員却大於我等的旅行彈丸麼那有可攜如許物品之理呢不如讓我選擇罷亞電回想前言也自失笑遂托社長選擇社長於不急之物盡行除去加上梟科爾的愛犬幷紐芬蘭種犬各一匹又小樹數株種子數十包以備在月界中闢地蒔植亞電又道此種子必與月球的土性不宜非另帶地球上肥土不可且數株灌木應防其槁須加土於根纏以繩索纔妙社長依言安排妥洽又買菜汁鹽肉酒類等足支一年之食物均納彈中便將彈丸運上石丘舉起鶴頸稱吊入砲內諸社員握手噓唏恐釀巨災幸而漸入砲膛毫無障礙不一時已達砲底社長仰天呼了一聲上帝梟科爾却坐在遠處出神亞電跑過去笑說道君的賭金又輸去了余要拿去贈月世界國王的諸社員轟然大笑梟科爾看了亞電一眼默不發言亞電又對熟識的友人道余雖拜別諸公而至月界然並非訣絕的諸公切勿視余爲天人余且擬報告月界的眞態麥思敦笑道不必愁不必愁余是斷不肯以君爲看羽衣之天人的社員又大笑不已連梟科爾也不覺失笑橐橐的走過來了……

卻說實驗日期越加切近一轉瞬間已過十二月朔日的良宵當

夜十點鐘四十分四十六秒時月球冉冉正過天心并最與地球相近若錯過機會則會社的大試驗便不能不待至十八年以後了是日天色蔚藍日先閃灼不待黎明石丘近傍已來了無數觀客連天波市也車馬如雲十分熱鬧平原一帶。有張天幕的。有連高樓的。有營小屋的。荒涼寂寞的所在。竟變了一大都府。各國人民。無不駢集。所操語言。若英若法若俄若德。千差萬別。不可究詰。一片平原竟與一個小地球無別。美國人則更不消說。自然是農罷耕耘。商廢貿易。不論貴賤老幼男女。皆忻喜欲狂。茀羅理竇地方。擾擾攘攘。宛如鼎沸。迫近發射時期。衆人頗覺惶懼。那膽小的不免戰慄私語。漸絕寂如無人未幾時限愈逼人更不安有逃遁之狀忽然搖動起來如怒濤嚙岸一般洶洶然令人駭絕。又少刻。自鳴鐘打了七下。衆人奉首看時則明月一輪冉冉而上大千世界驟放光明便是直徑尺餘的金剛石亦難比其價值喝采之聲忽如雷動此時柵門之內倏見有許多同盟社員排了行列萬足一步直行向前其後便是三個旅行的勇士容貌莊肅舉止雍容頭戴禮冠身披禮服魚貫而出并有歐州各國派來的天象臺職員警衛于後社長巴比堪左右奔馳指揮行列梟科爾貧手于背昂然徐行亞電着新製旅衣。喜色可掬。向麥思敦道。余將遠行。與君離別。君若能以地球上新事相告。忻幸何如。麥思敦道。余固欲以異聞奇事告君。然苦無良法耳。亞電道。君不見世界上進化的狀態麼。必因人類以此事爲不可爲。而其事遂不能成。苟盡力爲之。必無不成之理。即如此番旅行。當初誰不疑慮。雖以大學者自命如臯科爾先生。亦盡力反對。不留餘地。幸社長不顧輿論。勇往直前。始有今日。君若待余啓行以後。運用奇想。一切旁觀者言。均視爲狂吠。毫不措意。惟潛思壹志。研究通信之良法。則到底必獲成功。余於故國政府之變革。以及人民之進步等事。終有一日可以洞悉的。時臯科爾正立亞電背後。聞歷數其失。且含譏刺。怒不可遏。遽邁步上前。大聲道。亞電君……今所言者。固皆余之過失。然非君所應訕笑者也。君因將遠行。乃大笑罵我。以損我之榮譽耶。說畢。擦掌磨拳。頗有爭鬬之勢。麥思敦急握其腕。怒目道。君以私憤。遂想妨害大業麼。然則爲我等之大敵。我等之大敵。即圖地球人類之大敵也。爲人類公敵者。天下雖大。不能容其身。居將如何。臯科爾不能答。含怒走開。此時自鳴鐘已報十點。發射之期。切迫萬分。砲旁起重機的鐵索。搖蕩有聲。豫備將三個勇士垂入砲底。社員皆肅然正列寂靜無譁麥思敦雖稟性剛强從不屈撓三歲以後未曾哭泣一次至此時也免不得兩行老淚沾溼衣衿拭淚向社長道。尙可從容君不偕余同去麼社長大聲答道。我老友麥思君乎。余實不能伴汝不但彈丸狹小而已君已頹齡難受辛苦不如居此地球。靜候余等的報告罷。麥思敦不能再說含淚而退。旅行三勇士遂訣別了朋友踵入彈中關上鋁門將螺旋捻緊一輪璧月漸近中天天地無聲萬衆屏息只聽得機械師馬起孫大呼道

三十五秒、三十六秒、三十七秒、三十八秒、三十九秒、四十秒！放、射、

轟的一聲天柱折地維缺無數的旁觀者如颶風摧稻穗一般東倒西歪七顛八倒有目不能見有耳不能聞那裏還有如許閑工夫來看彈丸的進路咄

咄爾旁觀　倉皇遍野　而彼三俠　冷然善也

要知放射以後這彈丸能否直達月球。不墮地上。且待下回再表。

第十四回　縱詭辯汽扇驅雲　報佳音彈丸達月

卻說旅行彈丸發射時烈火如柱矗立天外宛如火龍張爪蜿蜒上升少頃蓬勃四散

照耀茀羅理竇地方成一火燄世界凡在三百英里以內雖在深夜而微蟲蠕動亦歷歷可見致其震動之力實爲千古未有之大地震而茀羅理竇適爲震域之中心由硝藥所生之氣體以極大勢力震動空氣空中忽生人造之大暴風數千萬觀客不論何人均被吹倒縱橫滿地臥不能起其中的麥思敦生來是膽大包身不懼艱險因欲細看彈丸進路獨立在一百五十碼以內誰料一發之後竟如弩箭離弦一般直擲出至百二十尺之外頭暈氣絕冥然如死良久始醒撫着腰大叫道唉余痛甚！唉余痛甚！亞電君！巴比堪君！臬科爾君！君等已向月界啓行了麼？君等在地球時均與余善而獨於月界旅行竟不我許余雖年老然較之懶惰青年却勝萬倍今居然擲余于百尺以外苦痛欲死何無情至此耶？麥思敦大聲疾呼竟無應者巨大彈丸已飛行於太空萬里之上了其他衆觀客因刹時之間大受震動驚怖氣絕者不計其數少頃漸漸蘇生有撫腰的有包頭的有絡手的因此耳聾者亦約有三千左右宛如大戰以後一般狼狽情形不能言喩靜了一刻呼痛之聲忽然大震其音與彈丸發射時竟不相上下衆人一面乎痛一面昂首想看彈丸的進路豈知太空冥冥一碧無際

那有彈丸的片影。仰首問天。天無耳目口舌。寂然不答。只得裹傷扶杖。慢慢回家除靜。候輪庇克山望遠鏡視察者的報告外。別無希望了。此視察者爲侃勃烈其天象臺司長。名曰培兒斐斯。既通天文。又精測算。窮理之學。更入蘊奧。爲地球上第一天象名家。故託其視察彈丸。誠屬妥當已極的。所惜者發射以後。天氣驟變。黑雲滿空。宛如潑墨。加以二十萬磅的引火棉。皆化細灰。和入空氣。雖畧一呼吸。亦不免大害於衛生。翌日更甚。烟霧蔽天。白日失色。雖咫尺亦不能辨。此黑烟漸散漸遠。竟達落機山巓。視察者空對着大望遠鏡。束手癡坐。不能窺見一絲彈丸的影子。麥思敦終日提心吊膽。坐立不安。到第二日清晨。己不可耐。便騎了馬。跑至望遠鏡建設處。見過司長。嘆道。俗語說勞而無功。而余則勞而得禍。余自製造大砲。以迄研究彈丸。無不盡心竭力者。實出於旅行月界之熱誠而已。豈料社長不仁。竟不許偕往。且擲之百二十尺以外。僅免于死。因是腰脊受傷。昔獨立戰爭時。擊傷之腦骨。今復破損。眞是不幸之至了。司長笑道。君今年高齡幾何了。麥思敦道。只六十八歲耳。司長大笑道。如此則當以善保餘生爲第一義。何必侈想旅行呢。麥思敦憤然作色。怒目道。這是什麼話呢。凡人類者。苟手足自由運動無滯則應爲世界謀利益爲已身謀利益肉體可灰精神不懈乃成一人類之資格君不知此理麼。司長道。誠然然人類之孳孳汲汲不遑寧處者雖曰爲世界謀公益亦半爲營菟裘計耳。故壯而逸居老而勞動者不能謂之智君固矍鑠然已無勞動理社長不令同行殊非無意的。麥思敦道。此事是非今且勿論。人已仆地何必再來覓杖呢。然不達余志則甚有遺憾耳。司長蹙額道。麥思敦君乎。黑雲蔽天。雖晝亦晦。余等揮霍巨資以製造之望遠鏡。竟無微效。計自放射至今已越三日而太空間仍罩着無邊的黑天幕。今日午後社長等三人當達月界故不可不視察其結果報告全球而天色仍如是奈何。麥思敦想了一會說道。沒有消散黑雲的良法麼。司長道。作汽械巨扇立空際鼓動烈風或可消散于萬里之外。麥思敦拍手道。妙極妙極其大若干。司長答道。直徑應大二千四百尺。麥思敦愕然良久大呼道。司長先生。天下有造如此巨扇之法的麼。余不信。司長笑道。君言誤矣。以此與月界旅行相較其難易何止天淵。月界旅行今已告成則區區汽扇豈有不能製造之理。然至今日方纔提議則殊與獲盜而後綯繩無異。君視爲「天方夜譚」之詭論可耳。麥思敦笑道。余亦姑妄聽之耳。並非信以爲眞的。司長道。總之黑雲不散則難見彈丸。不見彈丸則此望遠鏡便爲贅物。奈何奈何。麥思敦道。余等惟待其消散而已。那裏有他法呢…… 計自十二月四日至六日。美洲雖烟霧漲天。不辨咫尺。而歐洲則晴空如洗。絕無微瑕。哈沙羅德洛慈福柯路得三大天象臺皆瞭望月球。不舍晝夜。無奈視力太弱。不能達極遠之處。只得束手長嘆罷了。至初七早晨。忽見旭日半輪。隱躍天末。司長及麥思敦兩人喜出望外。急至客堂商議夜間視察之法。豈知不到午後。黑雲如磐。又堆滿了空際。麥思敦不禁焦急。只是對着司長連呼奈何。司長亦握手頓足。無法可施。麥思敦道。噫徒憂無益。不如小飲爲佳。司長道。余亦喜飲酒。與君對酌何如。兩人遂行過望遠鏡旁。進了新築室內。司長呼使丁取出許多酒類。問道。葡萄、白蘭地、香賓、皆有。君生平好飲那一種的。麥思敦道。從汝所好。司長點頭。釃一盞葡萄酒。遞給麥思敦。又自斟了一盞。且談且飲。不覺盡醉。初八九兩日。依然濃雲密布。不能視察。司長及麥思敦兩人醉而醒。醒而歌。歌而飲。飲而醉。終日瞢騰。不知朝夕。至初十日。麥思敦宿醒甫解。即憶及彈丸之事。大叫道。天尚未晴。天帝何妨余之甚耶。彼三個勇士不惜身命。冒險旅行。冀補助學術於萬一。天帝豈可不眷佑之然胡爲使地球上人不能知其所在耶司長醒來推窓一望亦默然無言仰天長嘆幸十一日午後烈風驟起亂捲暗雲遙望長天宛如斑錦入夜已空明如洗不復有微雲一點渣滓太清於是彈丸進路遂得發見自亞美利加全洲以至歐洲諸國均用電報通知他人私信因此阻止者不知多少司長即致一書于侃勃烈其天象臺道。

邇日天色黯淡濃雲連綿雖有巨鑑不能遠矚問天不語引領成勞如何如何昨晚賴風伯之威頑魔始退并藉麥思敦氏臂助乃發見由司通雪爾地方哥侖比亞礮所發射彈丸之進路再三思索知因發射稍遲遂與月球相左所幸者距離非遙必能受吸力而落於月界然復非立時墮落當隨月球廻轉之速力以環遊月世界一周

侃勃烈其天象臺職員諸君閣下

十二月十二日　培兒斐斯

此時天下萬國既得電報諸新聞雜誌皆細述顛末作論祝賀麥思敦欣喜過望向司

長雀躍不止且說道嗚呼偉業今已告成彼等三人正游月界若余者雖近若地球亦未嘗環游一次對彼等大人物能不羨煞妒煞麼司長道余亦甚羨之然只得以老自解嘲耳麥思敦若無所聞又說道此時余之三良友推窓憑眺奇景殊物來會目下巴比堪氏必詳記于手帖將以報告余等故余等宜靜俟之司長道然余亦惟靜俟巴比堪氏之報告而已

科學小說 月界旅行 終

光緒二十九年十月十一日印刷
光緒二十九年十月十五日發行

定價大洋五角

美國培倫原著
中國教育普及社譯印

印刷者　野口安治
日本東京小石川區指ヶ谷町百卅三番地

印刷所　翔鸞社
日本東京牛込區神樂町一目丁二番地

發行所　進化社